Paula Fox • Die einäugige Katze

OMNIBUS

Foto: © Jerry Bauer

**DIE
AUTORIN**

Paula Fox, eine der bekanntesten amerikanischen Jugendbuchautorinnen, wurde 1923 in New York geboren, wo sie auch heute wieder lebt. Während ihrer Kindheit reiste ihre Familie viel, unter anderem lebte sie eine Zeit lang auf Kuba. In all dieser Unrast entdeckte Paula Fox, dass öffentliche Bibliotheken Orte der Ruhe, der Gedankenfreiheit und des Trostes sein können.

Bevor sie ihren ersten Jugendroman veröffentlichte, übte sie viele verschiedene Berufe aus. Am liebsten schreibt sie darüber, wie junge Menschen mit den alltäglichen Überraschungen des Lebens, mit unglücklichen Phasen wie Einsamkeit oder mit der Unerklärbarkeit vieler Vorgänge und Gefühle umgehen.

Paula Fox' Jugendromane wurden national wie international mehrfach prämiert. Für ihr Gesamtwerk erhielt sie den Hans-Christian-Andersen-Preis, die höchste internationale Auszeichnung für Kinder- und Jugendliteratur.

Paula Fox

Die einäugige Katze

Aus dem Amerikanischen
von Inge M. Artl

Band 20332

Der Taschenbuchverlag
für Kinder und Jugendliche
von C. Bertelsmann,
München

Von Paula Fox ist bei
C. Bertelsmann erschienen:
Inselsommer

Umwelthinweis:
Dieses Buch wurde auf chlorfrei gebleichtem
Papier gedruckt.

Erstmals als OMNIBUS Taschenbuch August 1998
Gesetzt nach den Regeln der Rechtschreibreform
© 1998 für die deutschsprachige Ausgabe
C. Bertelsmann Jugendbuch Verlag GmbH, München
Alle deutschsprachigen Rechte vorbehalten
Dieses Buch erschien erstmals 1986 unter dem Titel
»Freundschaft mit der wilden Katze« in der
Benziger Edition im Arena Verlag, Würzburg.
Die Originalausgabe erschien 1984 unter dem Titel
»One-Eyed Cat« bei Bradbury Press Inc., New York.
© 1984 für die Originalausgabe Paula Fox
Übersetzung: Inge M. Artl
Umschlagbild: Rotraut Susanne Berner
Umschlagkonzeption: Klaus Renner
kk · Herstellung: Stefan Hansen
Satz: Uhl + Massopust, Aalen
Druck: Presse-Druck Augsburg
ISBN 3-570-20332-8
Printed in Germany

10 9 8 7 6 5 4 3 2 1

Inhalt

Ein Kind ging jeden Tag ins Freie,
Und was es sah, das wurde gleich es selbst,
Wurde ein Teil von ihm für jenen ganzen Tag,
Und manchmal auch nur für des Tages Teil
Oder für viele Jahre
oder sich dehnende Kreise von Jahren.

Walt Whitman

Sonntag

Ned war das einzige Kind des Pfarrers.

Pfarrer James Wallis' Kirche stand auf einer Anhöhe, zu der ein Fahrweg hinaufführte, ungefähr eine Meile außerhalb des Dorfes Tyler im Bundesstaat New York. Nahe beim Pfarrhaus, etwa hundert Schritte von der Kirche entfernt, lag ein kleiner Friedhof mit verwitterten Grabsteinen. Manche waren umgestürzt und mit Moos und Efeu bedeckt. Damals, als Ned laufen lernte, übte er am liebsten auf dem Friedhof. Dort holte sein Vater ihn ab, wenn die Gemeindemitglieder zu ihrem Sonntagsessen heimgegangen waren. Dort saß seine Mutter oft auf einem umgefallenen Grabstein und passte auf ihn auf, und sein Vater stand vor der großen Kirchentür und redete eine Weile mit allen Leuten, die in der Kirche gewesen waren. Das war lange her, lange ehe seine Mutter krank geworden war.

Gleich hinter der Kirche stand eine niedrige, dunkle und muffig riechende Scheune. Dort hatten die Leute ganz früher, als es noch keine Autos gab, ihre Pferde angebunden. Bei schlechtem Wetter benutzte der uralte Mr. Deems sie noch immer. Denn er legte den Weg von seiner Farm im Tal bis zur Kirche in einem klapprigen Kastenwagen zurück, vor den eine magere braune Stute gespannt war.

Als Ned größer wurde, spielte er mit anderen Kindern

aus der Sonntagsschule in der Scheune. Sie versteckten sich und kreischten und erschreckten einander, aber sie passten auf, dass sie Mr. Deems Stute, die als launisch bekannt war, nicht zu nahe kamen. An warmen Tagen schwebten die Stimmen des Chores – vor allem die dünnen, zitternden Stimmen der alten Leute – wie der schwache, süße Duft von Wiesenblumen in die Dunkelheit der Scheune. Dann unterbrachen die Kinder ihr Spiel und lauschten, bis die alte Mrs. Brewster verstummte, die die letzte Note immer hielt, bis sie völlig außer Atem war und dann taumelnd auf ihren Sitzplatz sank.

Der Pfarrer und seine Familie wohnten nicht im Pfarrhaus, obwohl das üblich gewesen wäre und sie keinen Cent gekostet hätte. Ihr Haus lag fünfzehn Meilen von Tyler entfernt. Neds Großvater hatte es 1846 gebaut, beinahe achtzig Jahre ehe Ned geboren wurde. Es stand auf einem Hügel wie die Kirche. Von seinen Fenstern sah man über den Hudsonstrom. Dieser Blick über den Fluss war ein Grund, warum Pfarrer Wallis nicht von hier fortwollte.

Es war ein großes, gleichsam kränkelndes altes Haus. Immer wieder einmal brach alles Mögliche zusammen: Die Heizung ging kaputt, wenn man sie gerade dringend brauchte; die Zisterne lief über oder es regnete durch das Dach. Dann, oder wenn die Krankheit von Neds Mutter sich verschlimmerte und Neds Vater es kaum über sich brachte, sie allein zu lassen, um sich seinen vielen Pflichten als Pfarrer zu widmen, erklärte er betrübt, dass sie doch ins Pfarrhaus ziehen müssten. In dieses kleine kümmerliche Haus, so weit weg vom herzerfreuenden Anblick des großen Stromes. Ned wusste, sein Vater liebte dieses alte

Haus, das so viel Mühe machte, das viel zu weit weg von der Kirche lag und für das Gehalt eines Landpfarrers auch zu teuer im Unterhalt war.

Wenn Ned sonntags hinter seinem Vater die Kirche betrat, war er jedes Mal von neuem überrascht von dem weiten, luftigen Raum über den Gängen und Bankreihen, von der riesigen Höhe der lichtdurchfluteten Fenster und von den vielen dunklen goldfarbenen Orgelpfeifen, die hinter der Kanzel aufragten. Ganz gleich, wie oft Ned sie zählte, er bekam jedes Mal etwas anderes heraus. Ned kannte jeden Winkel der Kirche vom Keller über die schmale Wendeltreppe bis hinauf zur Empore über dem Chor. Im Keller glühte der große Ofen bei kaltem Wetter wie eine Dampflokomotive. Im Gemeindesaal, ebenfalls im Keller, wurden Sonntagsschule, Versammlungen und Vorträge gehalten und bei besonderen Gelegenheiten auf langen Tischen Festessen serviert. Vielleicht überraschte die Größe der Kirche Ned deswegen immer wieder, weil er sie in Gedanken als ein weiteres Zimmer in seinem Haus betrachtete.

Es war ein Sonntag Ende September, ein paar Tage vor Neds elftem Geburtstag. Ned lehnte sich in seine Bank zurück; er saß immer in der ersten Reihe. Die rote Samtpolsterung, so angenehm im Winter, juckte ihn jetzt an den Beinen. Die Sommerhitze dauerte noch immer an und der Himmel war blass davon. Papa hielt seine Predigt und seine Stimme schien aus weiter Ferne zu kommen. Jemand räusperte sich. Ein anderer raschelte mit den Seiten seines Gesangbuches. Schläfrigkeit legte sich wie eine Decke über Ned. Er versuchte sich wach zu halten, indem er darüber nachdachte, wie das wohl wäre, wenn man sein Leben lang immerzu nur auf dem Meer wäre. In einem Buch, das er gelesen hatte, war genau das passiert: Ein Mann war auf ein Schiff verbannt gewesen. Ned hatte die Geschichte heute Morgen ausgelesen, ehe er hinunterging, um mit Papa zu frühstücken. Der Gedanke an das Frühstück weckte Ned vollends auf, denn er erinnerte ihn an Mrs. Scallop.

Bis vor zwei Monaten war das Sonntagsfrühstück immer sehr ruhig verlaufen. Papa trug schon seinen Sonntagsanzug. In seiner schwarzen Seidenkrawatte steckte die Krawattennadel mit dem Amethyst und er machte sein Sonntagsgesicht, an dem Ned merkte, dass er über seine Predigt nachdachte. Das einzige Geräusch kam von den Löffeln, die hin und wieder in den Schalen voll Haferflocken gegen das Porzellan klirrten. Manchmal schaute Ned zu dem gläsernen Tiffanylampenschirm hinauf, auf dem Tiere dargestellt waren. Neds Liebling war das Kamel in einer braunen Glaswüste, die sich meilenweit zu erstrecken schien, wenn man das Licht einschaltete.

Diese Stille zersprang in tausend Stücke, als Mrs. Scallop ins Haus kam; ihre Stimme drang jetzt jeden Morgen so scharf und kreischend in das Esszimmer ein wie die Säge des Holzfällers, der im Frühling die Fichten an der Nordseite des Grundstückes auslichtete.

Mrs. Scallop war die dritte Haushälterin in einem Jahr und nach Neds Meinung die schlimmste. Sie blieb am Tisch stehen, die Hände auf dem Bauch, und redete. Sie brauchte weder Fragen noch Antworten noch sonst eine Aufforderung, um immer weiterzuschwätzen. Ned bemerkte, wie

Papa die Stirn runzelte, obwohl er zu Mrs. Scallop genauso höflich und freundlich war wie zu allen Leuten. Als sie an diesem Morgen mit dem alten Auto zur Kirche gefahren waren, hatte Ned gesagt: »Mrs. Scallop redet mit den Stühlen, wenn wir nicht da sind.«

Papa antwortete: »Sie ist eine große Hilfe für deine Mutter. Die arme Frau hat ein schweres Leben gehabt. Ihr Mann ist ein Jahr nach der Hochzeit gestorben und seitdem hat sie für sich selbst sorgen müssen.«

Ned hatte schon vorher gewusst, dass Papa so etwas sagen würde. Mama dagegen hatte über diesen Scherz gelacht, als Ned ihn ihr am Morgen erzählt hatte. Sie hatte ihm versichert, Mrs. Scallop habe Angst vor Stöhnen und Flüstern. »Wenn ich flüstere: ›Lassen Sie die Serviette auf dem Tablett‹, verschwindet Mrs. Scallop im selben Moment«, sagte Mama. Ned wollte lächeln und dann konnte er es doch nicht… Er dachte an die Krankheit seiner Mutter, rheumatische Arthritis, die sie manchmal zum Stöhnen brachte oder sie so schwächte, dass sie nur noch flüstern konnte.

Am meisten verwirrte Ned Mrs. Scallops plötzliches, unerklärtes Schweigen. Es war viel schlimmer als ihr Geschwätz, denn es war ein wütendes Schweigen, und ihre Wut zeigte sich sogar in den Händen. Sie presste sie so fest auf den Bauch, dass Ned weiße Flecken auf der Haut sehen konnte. Er kam nie dahinter, was sie so ärgerte.

Einen Tag nannte sie ihn »mein Liebling« und drückte ihn bei jeder Gelegenheit an sich. Am nächsten Morgen starrte sie ihn stumm an, mit ihren kleinen Augen, die wie zwei blaue Punkte aussahen. Ihre Nasenflügel bebten, ihr krauses Haar sah aus wie elektrisch geladen. Was hatte er bloß getan, dass sie so wütend war?, fragte sich Ned. Sie erklärte ihm das nie. Das Schlimmste, was man jemandem antun könne, sei, ihm nicht zu sagen, warum man böse auf ihn war, fand Ned schließlich.

Papa predigte von bloß zehn Geboten, aber Mrs. Scallop erließ hunderte von Geboten, und das klang dann so, als ob ein Specht auf einen Baumstamm einhackte.

»Wenn du dir die Zehen nicht ordentlich abtrocknest nach dem Bad, dann kriegst du Blinddarmentzündung«, behauptete sie. »Wenn du eine Gabel fallen lässt, kriegst du noch vor Sonnenuntergang eine schlechte Nachricht«, sagte sie. Einmal riss sie ihm das Buch aus der Hand, das er gerade las, schaute eine Sekunde hinein und rief dann: »So ein Quatsch! Tiere, die reden, lieber Himmel! Wenn du so einen Unsinn liest, dann weicht dein Gehirn auf.«

Trotzdem war Ned ihr Specht-Hackhack doch lieber als ihr plötzliches, anklagendes Schweigen.

Der Sonntag hatte als »Mein-Liebling«-Tag begonnen. Mrs. Scallop hatte ihm den Geburtstagskuchen beschrieben, den sie am Mittwoch für ihn backen wollte. Er würde schön staunen. Schließlich hatte sie ihren ersten Kuchen gebacken, als sie ein kleines Ding von fünf Jahren gewesen war. Sie hatte das Backen von ihrer Mutter gelernt und die machte die besten Kuchen weit und breit. Der elfte Geburtstag sei sehr, sehr wichtig, sagte Mrs. Scallop. Sobald man elf war, musste man anfangen alles zu lernen. Und wenn man nicht alles wusste, bis man dreizehn war, dann bekam man nie wieder Gelegenheit, es nachzuholen.

»Mrs. Scallop, ich glaube, wir haben doch länger Zeit dafür«, hatte Papa sanft gesagt.

Ned hatte gefragt, ob er aufstehen dürfe, und war zu seiner Mutter hinaufgegangen.

»Mrs. Scallop hat gesagt, ich müsse alles lernen, ehe ich dreizehn bin«, berichtete er. Mama saß in ihrem Rollstuhl vor dem Erkerfenster.

»Ich fürchte, genau das hat Mrs. Scallop gemacht«, antwortete Mama und lächelte Ned zu. Er sah sofort, dass es ihr heute gut ging. Manchmal machte Ned sofort wieder kehrt, sobald er morgens das Zimmer betreten hatte. Es gab Tage, an denen Mama über das Tischchen an ihrem Rollstuhl gebeugt saß, als ob ein Sturm sie dort hingeschleudert hätte und sie daran hinderte, sich aufzurichten. An solch einem Morgen waren Mamas Finger so verkrümmt wie Fichtenwurzeln, und wenn Ned auf Zehenspitzen wieder aus dem Zimmer schlich, war ihm zu Mute, als ob sich seine eigenen Knochen in Wasser verwandeln würden.

»Sie will mir am Mittwoch einen Geburtstagskuchen backen«, berichtete Ned weiter.

»Sie backt wirklich gut, das muss man ihr lassen«, antwortete Mama. »Aber bis sie den Kuchen endlich gebacken hat und bis sie vor allem endlich aufhört einem zu erzählen, wie großartig ihre Kuchen sind, hat man irgendwie nicht mehr viel Appetit darauf.« Sie wandte den Kopf und blickte aus dem Fenster. »Schau, wie schön es heute ist. Es gibt noch keinen Dunst. Ich glaube, heute können wir bis nach West Point hinüberschauen. Ich mache mir oft Gedanken über diese kleine Insel im Strom. Meinst du, dass dort jemand wohnt?«

»Du hast mir mal eine Geschichte davon erzählt«, sagte

Ned und dachte, dass seine Mutter jeden Tag schön fand, an dem sie keine Schmerzen hatte.

Mama lachte und rief: »Oh, Ned! Du erinnerst dich noch daran? Du warst damals erst fünf. Und ich konnte noch gehen… Ja, ich habe eine lange Geschichte erfunden, von einem alten Mann und seiner Katze.«

»Onkel Blitz«, sagte Ned.

»Ja!«

»Und die Katze hieß Aura.«

»Aurora«, sagte Mama. »Das bedeutet ›Göttin der Morgenröte‹.«

Sie verstummte und Ned schaute an ihr vorbei aus dem Fenster über den Strom, der zwischen den Hügeln dahinfloss.

»Elf Jahre alt sein ist schön«, sagte Mama langsam. »An dem Septembertag, an dem du geboren wurdest, habe ich an diesem Fenster gestanden, als die Sonne gerade aufging. Es war ein klarer Tag, genau wie heute, wenn auch nicht so warm. Damals habe ich nicht an die Aussicht gedacht; ich liebte sie, aber ich war so daran gewöhnt, und ich betrachtete die Hügel und den Fluss und den Himmel oft, ohne sie wirklich zu sehen. An dem Morgen damals habe ich mich gefragt, wer du wohl sein würdest, und ungefähr vierzehn Stunden später warst du da.«

Ned beugte sich vor, um ihr einen Kuss zu geben, ehe er ging, und sah den dicken Zopf aus blondem Haar, der im Nacken zu einem Knoten zusammengerollt war, ganz dicht vor sich.

Einmal hatte er gesehen, wie Papa Mama frisierte. Er war durch den dunklen Flur gekommen und hatte zur offenen Zimmertür hereingeschaut, und sein Papa stand neben dem Rollstuhl und hielt Mamas Haar in der Hand wie ein langes, weiches Seil und flocht es geschickt und steckte es im Nacken zusammen. Und dann legte Papa die Wange auf Mamas Kopf und Ned, plötzlich verlegen und scheu, war weitergegangen, nach unten.

»Wir müssen Mrs. Scallop philosophisch betrachten«, sagte seine Mutter. »Sie ist eine gute Köchin und dein Vater braucht sich keine Sorgen zu machen, wenn er aus dem Haus gehen muss.«

Ned wusste schon, was »philosophisch betrachten« bedeutete: Mama meinte damit, sie müssten sich immer vor Augen halten, dass Mrs. Scallops Anwesenheit auch eine erfreuliche Seite hatte. Ned fand es schwierig, an Mrs. Scallop irgendetwas Erfreuliches zu finden; sie erinnerte ihn bloß immer an einen Splitter im Finger, wenn die Haut drum herum schon rot und entzündet war. Sogar die Flickenteppiche, die sie dauernd webte, sahen nicht im Mindesten erfreulich aus wie normale Flickenteppiche, sondern finster und langweilig.

Ehe Mrs. Scallop kam, hatte es bei den Wallis' ziemlich oft Lachs aus Dosen oder eingemachte Erbsen gegeben. Die Frauen in der Kirchengemeinde versuchten immer auszuhelfen und gaben Papa sonntags nach der Kirche Körbe voll Sonntagsessen mit. Aber die Damen hatten eine Schwäche für den Nachtisch. Die ganze Woche lang stand jede Menge Kuchen und Auflauf und Pudding in der Speisekammer herum, wurde jeden Tag krümeliger und matschiger und kurierte Ned beinahe restlos von Süßigkeiten.

Im Lauf der Jahre waren andere Haushälterinnen da

gewesen, aber sie schienen irgendwie schattenhaft, verglichen mit Mrs. Scallop. Ned konnte sich nicht daran erinnern, was für Mahlzeiten sie auf den Tisch gebracht hatten. Er machte sich bewusst, wie erleichtert er jeden Abend darüber war, dass Mrs. Scallop in ihrem Zimmer neben der Hintertreppe schlief, wie beruhigend das war, wenn Papa zu einer Versammlung oder zu einem Krankenbesuch musste.

Obwohl Ned immer wach blieb, bis er die Autoräder auf dem Kies der Einfahrt knirschen hörte, fürchtete er sich doch nie mehr so wie früher, wenn er mit seiner Mutter allein war und sich vorstellte, was passieren würde, wenn im Haus Feuer ausbräche oder sie einen schrecklichen Anfall von Schmerzen bekäme. Was hätte er dann tun können, um ihr zu helfen? Bloß das Fräulein von der Telefonvermittlung anrufen und sie bitten Hilfe herbeizuholen. Papa hatte ihm sehr früh beigebracht, wie man telefonierte; lange ehe er auch nur seinen Namen schreiben konnte.

Von einem war Ned überzeugt: Falls das Haus jemals Feuer finge, wenn Mrs. Scallop da wäre, dann würde sie seine Mutter *und* ihn die Treppe hinunter- und zur Tür hinausschleppen. Der Anfang eines Liedes fiel in seine Träumerei hinein: »Preiset Gott, von dem aller Segen kommt…«

Er sah, dass Papa die Kanzel verließ, und merkte, dass er seine Fünfcentmünze noch immer in der Hand hielt. Die Diakone hatten vergessen, ihm den Klingelbeutel hinzuhalten. Das Lied verklang, nur eine alte, gefühlvolle Stimme hielt noch zittrig die letzte Note. Sie gehörte Mrs. Brewster, bei der Ned und sein Vater heute zum Mittagessen eingeladen waren.

Ned stand neben Papa vor der Kirchentür, gab den Männern die Hand und machte einen Diener vor den Frauen. Er gab sich Mühe, nicht zu Ben Smith hinüberzuschauen, der ihm Gesichter schnitt und sich dann jedes Mal hinter seinem großen Bruder versteckte. Ben schnitt die grässlichsten Gesichter, die Ned je gesehen hatte.

Er schob die Nase hoch, zog die unteren Augenlider herunter und streckte die Zunge heraus, alles gleichzeitig. Ned spürte, wie ein einziger lauter Lacher in ihm hochstieg. Er drehte Ben den Rücken zu und versuchte sich ganz auf den alten Mr. Deems zu konzentrieren, der gerade seine Stute vor den verstaubten alten Wagen spannte.

Später, als sie in Tyler gehalten und die Sonntagszeitung gekauft hatten und dann weiter zu Mrs. Brewster fuhren, sagte Papa: »Dieser Ben Smith ... ich habe noch nie jemand so ein Gesicht schneiden sehen. Du vielleicht? Er hat ausgeschaut wie ein richtiger Wasserspeier.«

Ned ließ das Lachen heraus, das noch immer irgendwo in ihm steckte, seit Ben diese einmalig grässliche Grimasse geschnitten hatte, und Papa lachte auch.

Wenn Papa so lachte, erinnerte Ned sich sofort an die Vergangenheit, an die Zeit, ehe seine Mutter krank war. Dann sah er sie alle drei, wie sie sich an den Händen hielten und im Wohnzimmer herumtanzten oder wie sie unten am Hudson Steine über das Wasser springen ließen; er sah, wie auf einem schmalen, schlammigen Uferstreifen große feuchte Kröten sich unter Steinen versteckten und wie die Sonne immer schien.

Ned wusste, dass es nicht so gewesen sein konnte; er wusste, dass es auch geregnet und gestürmt haben musste und dass sie nicht bloß die ganze Zeit miteinander getanzt und gespielt und gelacht hatten, aber trotzdem kam es ihm so vor. Damals war er glücklich gewesen, ohne es zu wissen. Wenn er jetzt einmal glücklich war, dann machte er sich das ganz deutlich bewusst. Er sagte sich: *In diesem Augenblick bin ich glücklich*, und das war etwas anderes, als ganz einfach nur glücklich zu sein, ohne darüber nachzudenken.

Papa parkte vor Mrs. Brewsters Haus. Es war alt und schmal und schien sich ein wenig an eine riesige Ulme zu lehnen. Ein Ulmenast lag wie ein Schnurrbart genau unter den beiden Fenstern im zweiten Stock, quer über der ganzen Fassade.

Mrs. Brewster und ihre Tochter begrüßten sie mit kleinen, hohen Freudenschreien. Das Haus roch nach billigem Käse, alten Zeitungen und Kerzenwachs. Ned warf einen Blick in das kleine Esszimmer; das Essen stand schon auf dem Tisch. Ein großer Brocken Butter war über einem Berg von klumpigem Kartoffelbrei zerschmolzen und dann erstarrt, und auf einer großen Platte lag ein sehr kleiner Braten. Sie waren schon ein paar Mal sonntags bei den Brewsters zum Mittagessen eingeladen gewesen. Einmal hatte Ned um eine zweite Scheibe Fleisch gebeten und sein Vater hatte ihn heimlich ins Knie gekniffen und beinahe unmerklich den Kopf geschüttelt, worauf Ned dann sagen musste, er habe es sich wieder anders überlegt. Auf dem Heimweg hatte Papa ihm dann erklärt, dass die Damen Brewster arm wie Kirchenmäuse seien und dass man bei Einladungen lieber nicht um eine zweite Portion bitten sollte, weil man nicht wissen konnte, welche Opfer es die Leute kostete, einen überhaupt zum Essen einzuladen.

Ned konnte kaum glauben, dass Miss Brewster die Tochter von Mrs. Brewster war, so alt kamen ihm beide vor. Sie sahen aus wie die Frauen auf den braunen Fotografien im Album auf Mrs. Brewsters Wohnzimmertisch, das Ned sich immer nach dem Essen anschaute, wenn Papa und die Damen sich beim Kaffee miteinander unterhielten. Ned interessierte sich nicht für die Unterhaltung, außer wenn sein Vater mit einem Schnauben auflachte. Dann wusste Ned, dass Mrs. oder Miss Brewster etwas Komisches über jemanden in der Gemeinde gesagt hatte. Das gleiche Lachen stieß Papa aus, wenn Ned die ungewöhnlich tiefe Stimme von Mr. Deems nachahmte oder Mrs. Brewsters berühmte lang gezogene letzte Note am Ende eines Kirchenliedes. Sein Vater war nicht etwa ein Spötter, es gefiel ihm nur, wenn die Leute eine komische Seite hatten. Eigentlich fühlte sich Ned seinem Vater näher, wenn er lachte, als wenn er betrübt dreinschaute und ihm erklärte, dass jemand arm oder unglücklich sei oder tapfer in seinem Unglück.

Ned schlenderte durch die Küchentür hinaus in den Hof. Eine schwache Brise erhob sich und trug Ned den staubigen, getreideähnlichen Geruch von Hühnerfutter zu. Er ging hinüber zu dem kleinen Verschlag, in dem Mrs. Brewster ein paar Hennen hielt. Sie gackerten und beschwerten sich, während Ned dastand und sie von oben betrachtete. Eigentlich mochte er es überhaupt nicht, dass sie sonntags zu irgendwelchen Leuten aus der Gemeinde zum Mittagessen gingen. Es gab ihm das Gefühl heimatlos zu sein und er dachte sich, dass den Kindern im Waisenhaus in Waterville so zu Mute sein musste. Er gab einem Stein im Gras einen Tritt und die Hühner krakeelten empört.

»Nun ist er schon so groß«, bemerkte Miss Brewster, als er wieder ins Wohnzimmer kam. Das sagte sie jedes Mal, wenn er mit Papa hier aß. »Ich glaube, du hast jetzt bald Geburtstag, nicht wahr?«, fügte sie hinzu. Das überraschte Ned; Erwachsene erinnerten sich oft an Dinge, von denen er annahm, sie hätten sie vergessen.

»Ned wird am Mittwoch elf«, sagte Papa.

»Das ist ein wichtiger Geburtstag«, sagte Mrs. Brewster.

»Alle Geburtstage sind wichtig«, bemerkte Miss Brewster, »bis zu einem bestimmten Punkt.«

Beide Damen kicherten.

Sonnenlicht fiel auf die zerdrückten Leinenservietten, auf die Kaffeetassen mit dem Blumenmuster, den trockenen Zitronenkuchen mit dem dicken Zuckerguss. Mrs. Scallop wäre über so einen Kuchen beleidigt gewesen, dachte Ned. Sie war jeden Tag mehrere Male beleidigt... über schlechtes Wetter, über Geschichten in der Zeitung, über eine Krähe, die aus dem alten Ahornbaum vor dem Küchenfenster schimpfte. »Diese Krähe ist einfach beleidigend«, hatte sie zu Ned gesagt.

Er war froh, als er wieder in das von der Sonne gewärmte Auto stieg. Sie fuhren durch die Wälder mit dem noch immer dichten Blattwerk, das schon goldgelb und kupfern leuchtete, fuhren durch offene Felder, durch ein Dorf, nur halb so groß wie Tyler und gänzlich verlassen. Dann fuhren sie an einer Weide vorbei, auf der ein weißer Hund saß und fünf reglose Kühe anstarrte. Bald waren auch die Westhänge der Hügel zu sehen, hinter denen der Hudson floss.

Nach ein paar Meilen bog Papa von der asphaltierten

Landstraße ab und fuhr einen steilen Fahrweg hinauf. In der ersten scharfen Kurve stand ein hohes Steinhaus, dessen Fensterläden immer geschlossen blieben. Dahinter lag ein kleiner Birkenwald, in dem Ned auf dem Heimweg von der Schule herumtrödelte, wenn er allein war und nicht mit Janet oder Billy und Evelyn ging, die den gleichen Weg hatten.

Papa hatte ihm erzählt, dass dieses Haus auch schon viele Jahre leer stand, genau wie der Landsitz Makepeace, der an ihr eigenes Land grenzte und wie ihr eigenes Haus oben auf einer Hügelkuppe gebaut war. Auf der langen Veranda mit acht Holzsäulen verrottete eine riesenlange Bank aus Weidengeflecht und ein Schaukelstuhl mit einem solchen Loch im Sitz, als ob ein Felsbrocken durchgefallen sei. Ned hatte durch die verstaubten Fensterscheiben in die schattigen Räume gelugt, in die kaum noch Licht drang. Papa hatte ihm auch erklärt, warum es überall so viele verlassene Häuser gab: Daran war die große Wirtschaftskrise schuld. Viele Leute mussten ihre Häuser, die kein Mensch kaufen wollte, einfach stehen lassen und fortgehen und versuchen irgendwo anders Geld zum Leben zu verdienen.

Ned kam es immer ein bisschen seltsam vor, den Weg im Auto zu fahren. Er war gewohnt, ihn zu Fuß zu gehen. Jetzt sah er den kleinen Birkenwald durch das Autofenster. Die Zufahrt zum Landsitz Makepeace erstickte im Unkraut und Unterholz und nur noch einer der hohen steinernen Torpfosten stand aufrecht. Ungewohnt schnell für Ned ging es an der Lichtung vorbei, wo Evelyn Kimball in einem großen, ärmlichen Haus wohnte, in dem es von Brüdern und Schwestern und mageren Katzen wimmelte. Evelyn war ein Jahr älter als Ned. Er sah den Hund Bobby an seiner Kette hin und her rennen; er verbellte die Hühner, die in der Nähe im Dreck scharrten. Ned kannte Bobby; wenn man einfach schnurstracks auf ihn zuging, legte er sich so plötzlich platt auf den Boden, als ob seine Beine wie Taschenmesser zusammenklappten, und wedelte wie wild mit dem Schwanz. In Notfällen kam Mrs. Kimball und versorgte Neds Mutter. Aber sie konnte immer schlecht weg von zu Hause, weil sie so viele Babys hatte – eines auf der Hüfte, eines um den Hals und manchmal ein drittes auf dem Schoß. So kam es Ned jedenfalls vor. Er war ziemlich sicher, dass er sie noch nie gesehen hatte, ohne dass irgendein kleines Kind irgendwo an ihr hing.

Sie waren gleich daheim. Da war die Zufahrt, die beinahe eine Viertelmeile lang den Hang zum Haus hinaufführte. Die Sonne stand schon im Westen, sie brachte die Fenster der Dachkammer zum Glühen und ließ den neuen Blitzableiter silbern aufblitzen, den Papa vor kurzem hatte montieren lassen. Gegenüber dem Zufahrtsweg lag auch Mr. Scullys kleines Haus. Ned verdiente sich pro Woche 35 Cents Taschengeld, indem er jeden Nachmittag außer sonntags bei Mr. Scully arbeitete. Mr. Scully kochte seine Mahlzeiten selbst, stopfte sich die Socken und hielt seine Kleidung in Ordnung. Aber schwerere Arbeit wurde ihm allmählich zu mühsam. Deshalb hatte er im letzten Juli Ned angestellt, um Holz für den Winter zu hacken, die Fenster mit Kitt neu abzudichten und ihm jeden Tag aus dem Briefkasten seine Zeitung mitzubringen, hin und wieder auch eine Postkarte von seiner Tochter. Mr. Scullys

Briefkasten war unten an der Landstraße, am Fuß des Hügels.

Ned mochte den Weg zu ihrem Haus hinauf. Im Frühling wurde er vom Regen oft beinahe weggeschwemmt, dann füllte er sich mit Steinen auf, die in die abgewetzten Autoreifen schnitten. Der Zustand des Weges war einer von den beiden Anlässen, die Papa aus der Ruhe bringen konnten; der andere war der Zustand des Daches, das immerzu irgendwo neue Schindeln brauchte.

Als der Wagen hielt, blieb Ned einen Augenblick wie in einem Nebel aus Schläfrigkeit sitzen, während sein Vater die alte Aktentasche vom Rücksitz nahm und sich dann wie immer bückte und die abgenutzten Autoreifen kritisch musterte.

»Komm, Ned …«, sagte sein Vater.

Ned öffnete die Wagentür, trat auf das Trittbrett, schüttelte den Kopf, um die Schläfrigkeit zu verscheuchen, und rannte zu einem Ahornbaum auf der Böschung, wo der alte Steingarten seiner Mutter noch immer gedieh. Er packte einen niedrigen Ast und schwang sich über den Rand der Böschung. Im Kloster, das etwa eine halbe Meile entfernt lag, in der Richtung zum Strom, begannen plötzlich die Glocken zu läuten. Die Woche schien von Neds Schultern zu gleiten und er schrie »Hurra!«, einfach nur so, ohne besonderen Grund, als er den Ast losließ.

Auf der Veranda, gleich neben den tiefen Zweigen des Fliederbusches, der sogar noch älter war als das Haus, stand ein großer gelber Koffer, über und über mit bunten Aufklebern bedeckt. Ned starrte ihn eine Sekunde an, dann schrie er: »Onkel Hilary!«

23

Sein Vater wandte sich schnell vom Auto ab. Ned zeigte auf die Veranda und dann sprangen er und Papa die drei Stufen hinauf und beugten sich über den Koffer, als ob es Onkel Hilary selbst sei. Ned tippte auf einen Aufkleber vom *Shepheard's Hotel, Cairo*. Dann warf er sich gegen die Tür aus Fliegendraht, die wegen des warmen Wetters noch nicht ausgehängt und für den Winter weggeräumt worden war. Als er den Flur betrat, hörte er seine Mutter oben lachen. Er hörte auch, dass sie auf diese besondere Weise glücklich war, wie sie es nur bei Onkel Hilarys Besuchen wurde.

Am Ende des Flures, hinter der Treppe, war die Küchentür. Dort stand Mrs. Scallop, die Hände auf dem Bauch. »Dein Onkel ist gekommen«, flüsterte sie ihm zu, als ob das ein Geheimnis wäre.

Von jetzt an hatte sie frei. Seit sie hier war, hatte Papa sich jeden Sonntag erboten, sie nach Waterville zu fahren, aber sie hatte immer abgelehnt.

»Das weiß ich«, antwortete Ned. »Ich kann ihn reden hören.«

Mrs. Scallop zog sich langsam in die Küche zurück, wie ein Schatten, der in der Dunkelheit verschwindet. Sie ist so, dachte Ned. Er lief die Treppe hinauf. Auf dem Treppenabsatz warf das bunte Glasfenster, durch das die Sonne strömte, glänzende Farbflecken auf den Boden. Im Flur oben lehnte ein hoher Spiegel an der Wand und glitzerte, als ob man Funken aus ihm schlagen würde oder er sich Sonnenlicht aus dem bunten Fensterglas geliehen hätte.

Geradeaus, mit Fenstern voll goldener Sonne, lag Mamas Zimmer. Sie lehnte sich in ihrem Rollstuhl zurück, die Wolldecke war halb von ihren Knien gerutscht. Und vor ihr stand lächelnd Onkel Hilary: groß und schlank, die Haare so silbrig wie eine Regenwolke. Er trug ein auf Taille geschnittenes graues Jackett, seine schmalen, langen Füße steckten in kurzen Stiefeln, er hatte einen Fuß vor dem andern angewinkelt. Mama und Onkel Hilary glichen sich so sehr, dachte Ned. Es kam ihm seltsam vor, dass sie auch Bruder und Schwester waren und nicht nur sein Onkel und seine Mutter. Vielleicht hatte Mrs. Scallop Recht gehabt zu flüstern; die beiden sahen aus, als ob sie alte Geheimnisse miteinander teilten.

Papa hatte Ned eingeholt. »Hilary, was für eine großartige Überraschung!«, sagte er.

»Hallo, Neddy, mein Lieber«, sagte Onkel Hilary. »Und hallo, James, mein Guter. Ich hätte vorher anrufen sollen, aber ich wusste bis auf die letzte Minute nicht, ob ich wirklich wegkomme. Ich bin in New York, weißt du. Ein Freund, der eine Weile verreisen musste, hat mir für die Zeit seine Wohnung überlassen und da kann ich nun in Ruhe an meinem neuen Buch arbeiten. Ich kann nur über Nacht bleiben – wenn es euch nichts ausmacht, mich zu beherbergen. Morgen früh fahre ich wieder in die Stadt zurück. Ned, du schaust aus, als ob du einen Viertelmeter gewachsen wärst, seit ich dich zum letzten Mal gesehen habe! Wie lange ist das her … fast ein ganzes Jahr! Und du hast bald Geburtstag. James, du schaust auch gut aus.«

»Ich werde der Haushälterin Bescheid sagen, sie soll das Bett in deinem alten Zimmer herrichten«, sagte Papa.

Mama warf ihm einen warnenden Blick zu und sagte: »Jetzt ist Hexenstunde, Mrs. Scallops freie Zeit. Du willst sie doch nicht beleidigen?«

»Dann mach ich's eben selbst«, sagte Papa.

»Wir machen's alle zusammen«, sagte Onkel Hilary, legte die Arme um Ned und Papa und drückte sie beide an sich. »Hilary, du rettest den Tag«, murmelte Mama. Sie legte den Kopf an die Sessellehne und lächelte zu ihrem Bruder auf.

Mama saß schon so viele Jahre lang beinahe reglos im Rollstuhl oder dort, wo Papa sie hintrug, dass Ned glaubte, er kenne jede Einzelheit an ihr ganz genau. Er kannte Mamas Gesicht besser als sonst eines. Aber dieses Lächeln hatte er noch nie zuvor gesehen. Es schien ihm zu sagen, dass Mama und Hilary etwas Besonderes wussten, was Ned niemals erfahren konnte… und Papa vielleicht auch nicht. Ned spürte den Ärger wie einen Stoß, es war, als ob jemand ihm einen Schubs gegeben hätte.

»Wie war das Mittagessen bei Mrs. Brewster? Kalter Kartoffelbrei und trockener Kuchen?«, fragte Mama. Er betrachtete die feinen Fältchen in ihren Augenwinkeln, das Glänzen ihrer kräftigen Zähne. Jetzt war ihr Lächeln für ihn bestimmt. Sein Ärger war verflogen. Aber er hatte ein irgendwie seltsames Gefühl, so als ob Onkel Hilarys Besuch den Tag auch für ihn verändert hätte.

Das Gewehr

Als sie in den Flur traten, sagte Onkel Hilary, es tue gut, dem Lärm und Gewühl der Großstadt einmal zu entkommen, und Papa habe Glück, in einer Atmosphäre von solch meditativer Stille zu leben.

»Was ist das?«, fragte Ned.

»Ein Ort, an dem du nachdenken kannst.« Papa lächelte Ned zu und holte die Bettlaken für Onkel Hilary aus dem Wandschrank.

Papa und Onkel Hilary gingen ins Gästezimmer, aber Ned blieb stehen, denn er bemerkte, dass die Tür zur Hintertreppe einen Spalt offen stand. Dort befand sich Mrs. Scallops Zimmer und Ned stellte sich vor, wie sie auf der Kante des eisernen Bettgestells saß; ihre kurzen, kräftigen Beine reichten nicht auf den Boden. Er war ziemlich sicher, dass sie oft lauschte und es auch diesmal getan hatte; und was immer sie dann hörte, machte sie satt wie ein riesiges Nachtmahl.

Er lehnte eine Weile unter der Tür zum Gästezimmer und hörte dem freundlichen Brummen von Papas und Onkel Hilarys Stimmen zu. Es war ein tröstliches Geräusch. Das alte Haus war so still. Onkel Hilary erzählte Papa von dem Buch über einen berühmten Ort in Südfrankreich, das er gerade schrieb. Als sie die Deckenenden unter die Matratze steckten, beugte Onkel Hilary sich plötzlich zu Papa hinüber und fragte: »Wie ist ihr Zustand wirklich, James? Sie sieht so erschöpft aus. Von den Schmerzen, nehme ich an. Gibt es denn gar nichts, was der Arzt noch …« Er schaute auf, sah Ned und verstummte.

»Ned weiß alles über die Krankheit seiner Mutter«, antwortete Papa und schaute Ned ernst an. »Für mich ist es eine Hilfe, dass er es weiß«, fügte er hinzu.

Ned war froh darüber, dass Papa das zu Onkel Hilary gesagt hatte, aber eigentlich stimmte es nicht ganz: Er wusste nicht *alles*. Er wusste, dass Mamas Krankheit manchmal schlimmer wurde, dass es aber auch Zeiten gab, in denen sie sich viel besser fühlte. Dann konnte sie sogar wieder ein bisschen laufen, wenn sie sich auf einen Stock stützte. Aber Ned wusste nicht, wie es überhaupt möglich gewesen war, dass ihr Leben sich vor sechs Jahren so vollständig verändert hatte. Es kam ihm beinahe so vor, als ob sie über Nacht in ein anderes Haus in einem anderen Teil der Welt versetzt worden wären, in ein Haus mit Wänden und Böden aus Glas, die zerbrechen konnten, wenn Ned nicht sehr vorsichtig war.

Sein Kopf war voller Gedanken über seine Mutter; vielleicht weil Onkel Hilary gekommen war. Ned sah Mama so gut wie nie mit einem anderen Menschen zusammen, außer mit Papa. Mrs. Scallop hielt sich nie lange in Mamas Zimmer auf, wenn sie das Bett machte oder Staub wischte oder das Essen brachte. Und solange sie im Zimmer war, war Mama sehr schweigsam. Früher waren oft Leute aus der Gemeinde zu Besuch gekommen, aber schon seit einem Jahr kam niemand mehr. Ned glaubte zu wissen, warum.

Eines Abends, als er wach in seinem Bett lag, hörte er Mama nebenan sagen: »Jim, ich bitte dich, ich will sie einfach nicht mehr sehen! Ich kann so viel *Güte* nicht aushalten! Versuch mich zu verstehen ... Wenn jemand so hilflos ist wie ich, dann ist solche Gütigkeit gerade so, als ob man ertränkt würde ...« Ned hatte lange über ihre Worte nachgedacht. Er hatte sich gefragt, ob Mama vielleicht so etwas Ähnliches meinte wie das Gefühl, das er selbst hatte, wenn Papa ihm mit seiner Predigtstimme erklärte, jemand sei arm und unglücklich oder krank.

Jetzt ging Ned zurück zu Mamas Zimmer und lugte hinein. Die Nachttischlampe war eingeschaltet, aber das Licht war schwach und das Zimmer voller Schatten. Dämmerung drängte durch die Fenster herein, drückte dagegen wie schwarzer Rauch. In der Ferne blinkten die Lichter von Waterville als winzige Funken. Mama schlief. Ned wünschte, sie wäre wach. Wenn sie sich mit ihm unterhalten würde, könnte er vielleicht aufhören immerzu so angestrengt über sie nachzudenken.

Manchmal konnte er Mama sogar ganz vergessen, vor allem, wenn er draußen war. Wenn er dann zufällig zum Haus hinüberschaute, zu ihren Fenstern im ersten Stock, sah er sie vor sich, wie sie im Rollstuhl saß, die verkrümmten Hände auf dem hölzernen Tischchen, das von der einen Armlehne zu der anderen hinübergeklappt werden konnte. Mama kam ihm vor, als wäre sie in ihrem Rollstuhl gefangen wie ein Baby in seinem hohen Babystuhl.

Ned durfte nicht einfach zu ihr laufen, wann er gerade Lust dazu hatte. Er musste warten, bis Papa vielleicht sagte: »Mama hat ihr Bad gehabt und fühlt sich erfrischt.

Wenn du magst, kannst du ihr jetzt den Tee bringen, Ned.«
Während er die Treppe hinaufging, fragte er sich jedes Mal,
warum der Tee bloß immer mehr in der Tasse hin und her
schwappte, je höher er stieg. Er sah sich im Vorbeigehen im
Flurspiegel, die Unterlippe zwischen die Zähne gezogen,
weil er fürchtete, er könnte die heiße Tasse fallen lassen. Bis
jetzt war das aber noch nie passiert. Er war sehr leise, wenn
er Mamas Zimmer betrat. Behutsam stellte er den Tee vor
sie auf das Tischchen; manchmal war die Zitronenscheibe
auf dem Unterteller ein bisschen ausgetrocknet, weil Papa
keine Zeit gehabt hatte, nach Waterville zu fahren und
frische Zitronen zu kaufen.

»Hallo, Ned«, sagte Mama dann und wandte den Blick
vom Fenster ab und schaute ihn an. An manchen Tagen
zeigte sie nur die Andeutung eines Lächelns. Dann wusste
Ned sofort, dass es ihr sehr schlecht ging, dass sie nur dieses Lächeln zu Stande bringen konnte und sehr vorsichtig
sein musste – so vorsichtig wie er mit der Tasse Tee –, damit
etwas in ihrem Inneren nicht auch überlief. Soviel Ned und
Papa wussten, würde Mama nie wieder gesund werden. Sie
würde gute und schlechte Tage haben … das war alles.

Manchmal weckten ihn die Stimmen seiner Eltern nachts
auf. Mamas Stimme klang hoch und verzweifelt, Papas
Stimme klang beruhigend und überzeugend, so wie sonntags von der Kanzel. Dann lag Ned da und lauschte, sein
Zimmer war hell vom Sternenlicht oder vom Mondschein
oder finster wie ein Brunnenschacht. Die Dunkelheit
drückte sich dick wie Pelz auf sein Gesicht und Ned wusste, dass die Schmerzen Mama aufgeweckt hatten und sein
Vater versuchte ihr die Schmerzen zu vertreiben.

Wenn seine Eltern ruhig geworden waren und er nicht wieder einschlafen konnte, lief Ned oft im Haus herum. Seit Mrs. Scallop da war, traute er sich kaum noch, die schmale Hintertreppe aus rauem Holz zum Speicher hinaufzuschleichen. Gleichzeitig fand er es irgendwie aufregend. Vielleicht würde er dabei aus Versehen ein altes *National-Geographic*-Heft von dem Stapel im staubigen Treppenwinkel streifen; er könnte stolpern und sich die große Zehe anschlagen oder eine Schachtel mit tausend alten Knöpfen umstoßen, die dann wie Kiesel die ganze Treppe hinunterklirrten, bis vor Mrs. Scallops Tür, und sie aus dem Schlaf schreckten! Von dem bloßen Gedanken, sie mit einem Knall zu wecken, musste Ned gleichzeitig schaudern und kichern.

Im Speicher ertastete er sich dann den Weg zwischen großen alten Truhenkoffern und Kisten, zwischen Stapeln von alten Zeitschriften und kaputten Möbelstücken zu dem kleinen Fenster, von dem er in klaren Nächten den Strom sehen konnte. Dort stand er auf den Zehenspitzen, hielt sich an dem rauen Fensterbrett fest und hatte das Gefühl, er sei der einzige Mensch in dieser ganzen großen, leeren Nacht, der noch wach war.

Danach ging Ned wieder die Hintertreppe hinunter, durch das Gästezimmer, ging am Zimmer seiner Mutter vorbei und an dem kleinen Zimmer daneben, in dem sein Vater schlief. Vorbei am Flurspiegel ging er über die Vordertreppe hinunter ins Wohnzimmer mit der dunklen Weidenkätzchentapete, die noch aus der Zeit seiner Großmutter stammte. Seine Großmutter war gestorben, ehe er auf die Welt kam. Inzwischen hatten seine Augen sich an die

Dunkelheit gewöhnt und er konnte die silbrigen Kätzchen erkennen. Dann ging er hinüber ins Esszimmer und berührte das Glaskamel auf dem Lampenschirm. Er ging durch die Speisekammer mit ihrem Geruch nach altem Kuchen, verhutzelten Äpfeln und säuerlichen Abwaschlappen, hinüber in die große Küche, wo der rissige alte Linoleumboden ihn manchmal wie rote Ameisen in die nackten Füße zwickte. Er lief auch noch in Papas Arbeitszimmer und tastete mit dem Fuß die Dielenbretter ab, bis er das eine fand, das knarrte. Dann war er bereit, wieder ins Bett zu gehen und zu schlafen.

Ned durfte seine Mutter beinahe jeden Tag besuchen, wenn auch manchmal nur für ein paar Minuten. Zuerst war es eine Unterhaltung, wie er sie auch mit anderen Erwachsenen führte, mit seiner Lehrerin, Miss Jefferson, oder mit Leuten aus Vaters Kirchengemeinde, zum Beispiel Mrs. Brewster. Aber wenn er richtig schön lange bei Mama bleiben durfte, veränderte sich das Gespräch. Dann holte Ned sich einen kleinen Schemel, stellte ihn vor den Rollstuhl und setzte sich. Er erzählte Mama, was er an diesem Tag gemacht hatte, was er gesehen und sogar was er gedacht hatte.

Wenn er ihr im Frühling und im Sommer Wildblumen brachte, sagte sie ihm ihre Namen. Wenn er einen seltsamen Stein fand, konnte sie ihm erklären, aus welchen Mineralien er bestand. Wenn er ihr einen Vogel beschrieb, wusste sie auch oft, wie er hieß. Wenn er ihr das alles erzählt hatte, die Blumen und der Stein beiseite gelegt waren, sprachen sie über seine Gedanken.

»Was ist draußen hinter allem?«, hatte er sie einmal gefragt.

»Du meinst, außerhalb der Erde?«

»Ich meine den Himmel. Was ist hinter dem Himmel und den Sternen?«

»Das weiß niemand«, sagte Mama.

»Irgendwas muss es doch dort geben«, meinte Ned. »Es kann doch nicht einfach nichts sein, oder?«

»Dein Vater würde sagen: Gott«, antwortete Mama.

»Und was würdest du sagen?«, fragte er, interessiert, aber ein wenig beunruhigt, weil sie eine andere Vorstellung hatte als sein Vater.

»Die Idee ist zu seltsam, um in meinen Verstand hineinzupassen«, versuchte Mama ihm zu erklären. »Vielleicht ist es so ähnlich wie bei der Puppe aus Ungarn, die Onkel Hilary dir einmal mitgebracht hat, als du noch klein warst. Erinnerst du dich? Es müssen zehn Stück gewesen sein, die alle ineinander passten, und die kleinste war kaum so groß wie ein Fingernagel. Im Universum gibt es vielleicht unendlich viele Puppen und sie werden immer größer und größer.«

Ned wusste immer, wann Mama müde wurde. Er erinnerte sich nicht, wann er das zu erkennen gelernt hatte. Ein Muskel in ihrer Wange schien sich ein wenig zu spannen, ihre Schultern schienen zu sinken. Dann stand Ned von seinem Schemel auf, gab Mama einen Kuss auf die Wange, die sich so weich anfühlte wie ein Flanellschlafanzug. Ihre Haut hatte etwas Stoffähnliches an sich. Das machte Ned für einen Augenblick traurig, obwohl er nicht wusste, warum.

Oft machte er sich keine Gedanken darüber, wie ungewöhnlich es war, dass seine Mutter behindert war. Aber wenn er einen Schulfreund besuchte oder den Nachmittag bei einem Jungen aus der Sonntagsschule verbrachte, weil sein Vater nach dem Gottesdienst noch etwas für die Gemeinde zu tun hatte, dann staunte Ned über den Lärm und das Getöse in diesen Häusern. Seine Freunde knallten mit Türen und Fenstern, polterten die Treppen hinauf und hinunter und brüllten: »Mama!« Bei ihm daheim war das ganz anders. Ned erinnerte sich auch nicht, wann er gelernt hatte, leise zu gehen, aber er war ziemlich sicher, dass überhaupt niemand so leise sein konnte wie er. Wenn er jemanden zum Spielen mit heimbrachte – das kam nicht oft vor –, blieben sie draußen oder auf der Veranda, wenn es regnete.

»Wann bist du krank geworden?«, hatte Ned Mama einmal gefragt, als sie ein richtiges Gespräch miteinander führten. Er berührte ihren Rock; sie trug immer helle, hübsche Kleider.

»Als du fast fünf Jahre alt warst«, antwortete Mama. »Aber ich glaube, die Krankheit hat sich schon lange entwickelt, ehe sie ausgebrochen ist.«

»Und vorher, da hast du schnell laufen können?«

»Ja, ich konnte laufen und laufen. Und ich bin geritten, auf meinem Pferd Cosmo. Ich konnte dich aufheben und hoch in die Luft schwingen.«

»Und dann…«, begann Ned.

»Dann ist die Axt gefallen«, sagte Mama.

Die Axt ist gefallen, wiederholte Ned in Gedanken ihre Worte, als Mama die Augen öffnete und den Kopf nach ihm umwandte. Sie lächelte. Sie war wie ein Baum gewesen, dachte Ned, und dann war sie gefällt worden.

Nun war Onkel Hilary zu Besuch gekommen und Mama freute sich.

Mrs. Scallop kochte nicht an ihrem freien Nachmittag.

An diesem Abend machte Papa Omeletts und schnitt dazu ein paar Tomaten in Scheiben, die er zu Onkel Hilarys Entsetzen mit Zucker bestreute. »Warum fürchtet Amerika sich vor Olivenöl?«, fragte er laut und legte sich die Hand auf die Stirn, als ob er Kopfweh hätte. Papa lächelte und schien sich von Onkel Hilarys Frage nicht aus der Ruhe bringen zu lassen. Ned dachte sich, dass es Papa aber bestimmt aus der Ruhe gebracht hätte, wenn er gesehen hätte, wie Onkel Hilary ihm, Ned, über den Tisch hinweg zublinzelte, als Papa andächtig das Tischgebet sprach.

Nach dem Nachtessen saßen Onkel Hilary und Papa im Wohnzimmer und unterhielten sich. Ned lag auf dem Boden und las die Comicseite aus der Zeitung. Er legte sich dazu immer auf den gleichen Platz zwischen dem Radio und dem Tisch mit den Büchern. Auf dem Radio stand ein Löwe aus Bronze; er hatte eine Vorderpfote über einer winzigen Maus erhoben, die zu ihm aufschaute … »Furchtlos«, behauptete Papa, aber Ned bezweifelte das im Stillen. Auf dem Büchertisch lagen Zeitungen, ein silberner Brieföffner, der mit der Zeit beinahe schwarz geworden war, ein Stapel *National-Geographic*-Hefte von diesem Jahr und eine Leselupe. Ned liebte diesen Eichentisch und alles, was darauf lag. Als er fertig war mit der Comicseite, rollte er sich herum, setzte sich auf und lehnte sich an eines der dicken Tischbeine. Papa sagte gerade, dass sie hier ein sehr einfaches Leben führten, im Vergleich zu Onkel Hilary.

»Am einfachen Leben ist nichts auszusetzen«, antwortete Onkel Hilary mit einem kleinen Lächeln, das zu sagen schien, dass eben *doch* etwas daran auszusetzen sei. »Ich bin manchmal ganz erschöpft von all den Hotels und Zügen und Sprachen, die ich nicht verstehe. Und mein armer Magen, was der alles mitmachen muss! Schafsaugen und Lungengulasch und …«

»Tomaten mit Zucker«, unterbrach Papa lachend.

Onkel Hilary schaute ein wenig verstimmt drein, fand Ned, so als ob er derjenige sei, der die Witze zu machen habe. Dann sagte Onkel Hilary: »Ich finde einfach, dass es Ned sehr gut tun würde. Er war noch nie von hier fort.«

»Würde dir das gefallen?«, fragte Papa plötzlich und beugte sich vornüber, damit er Ned unter dem Tischrand sehen konnte. »Onkel Hilary möchte dich in den Weihnachtsferien auf eine Reise mitnehmen.«

Neds Herz machte einen Sprung. Er wollte »Ja!« schreien. Aber in der Stimme seines Vaters klang etwas mit, das er nicht verstand, das ihm Unbehagen verursachte. Wenn er jetzt sagte, er würde gern mit Onkel Hilary verreisen, dachte Papa vielleicht, er wolle fort von ihm.

»Fährst du auch mit?«, fragte er.

»Ned, du weißt doch, dass ich Mama nicht allein lassen kann«, antwortete Papa vorwurfsvoll.

»Ich muss mir ein Reiseziel einfallen lassen, das genau in deine zehn Tage Schulferien passt«, sagte Onkel Hilary.

»Ned, komm bitte unter dem Tisch hervor«, sagte Papa mit besonderer Geduld. Daran merkte Ned, dass er sich Mühe gab, nicht gereizt zu sein. Ned stand auf.

Onkel Hilarys Besuche waren immer kurz. Vielleicht war das so am besten, dachte Ned. Er hatte schon früher bemerkt, dass sein Vater oft empfindlich reagierte, wenn sein Schwager da war. Onkel Hilary machte es Spaß, Papa aufzuziehen ... so wie vorhin wegen des Zuckers auf den Tomaten.

»Na, was meinst du, Ned? Möchtest du mit Onkel Hilary reisen?«, fragte sein Vater.

Onkel Hilary lächelte ihm zu. Er sieht so elektrisch aus, dachte Ned und musste grinsen. »Ich glaube, er würde gerne mitkommen«, sagte sein Onkel.

»Ja, ich möchte mit«, sagte Ned und sah dabei Papa an.

»Also, gut«, sagte Papa. Er wandte den Blick von Ned ab, sah zum Fenster hinaus und bemerkte: »Wir haben heute Vollmond.«

»So, jetzt muss ich dir dein Geburtstagsgeschenk geben, Ned. Ich fahre morgen früh schon weg, ehe du aufgestanden bist ... das heißt, wenn der alte Bursche mit seinem Taxi pünktlich da ist.« Onkel Hilary ging in den Flur. Ned besaß ganze Regalfächer mit Geschenken von Onkel Hilary: alte Münzen und Knochen, ein Stück Jade aus China, das so grün wie fettiger Spinat war, einen Krug aus Lava, die der Vulkan Vesuv in Italien ausgespuckt hatte, einen Schmetterling aus Mexiko in einem Glaskästchen. Eine Ziege aus Bronze aus Griechenland, so klein, dass Ned sie in seiner Hand verstecken konnte, war für ihn das Wertvollste von allem.

Ned ging zu seinem Vater und lehnte sich an ihn und Papa nahm seine Hand und drückte sie sanft. Ned war nicht ganz wohl zu Mute. »Willst du, dass ich lieber nicht mitfahre?«, flüsterte er.

Papa schaute ihn an. »Ich glaube, es wird dir sehr gefallen«, sagte er. »Ich bin schon dabei, mich an den Gedanken zu gewöhnen.«

Onkel Hilary kam mit einem langen, schmalen und gut verschnürten Paket in braunem Packpapier zurück.

»Ich finde, er kann es ruhig schon heute Abend aufmachen«, sagte Onkel Hilary und legte das Paket auf den Boden. Ned nahm eine Schere, schnitt die Schnur durch, zog das Packpapier herunter und hob den Deckel.

Nie und nimmer wäre er draufgekommen, wenn er hätte erraten sollen, was in dem Paket war. Es war so still im Zimmer, dass er die beiden Männer atmen hörte. Er nahm das Geschenk aus der Schachtel und kauerte sich auf die Fersen.

»Ein Luftgewehr!«, rief er und schaute zu seinem Onkel auf, der heftig nickte, als ob er ihm bestätigen müsse, dass er tatsächlich ein Luftgewehr in der Hand hielt.

»Es ist geladen und schussbereit«, sagte Onkel Hilary. »Es war Zeit, dass du ein richtiges Jungengeschenk bekommst, anstatt einen toten Käfer oder eine alte Tonscherbe oder eine alte Münze, mit der du dir nicht einmal ein Bonbon kaufen kannst.«

»Die Münzen, Käfer, Scherben und Schnitzereien, die du Ned mitgebracht hast, waren großartig«, sagte Papa laut. »Sie sind Gegenstände aus der Vergangenheit und Schlüssel dazu, sie regen den Verstand und die Phantasie an.«

»Alles Gute zum Geburtstag, Ned«, sagte Onkel Hilary unsicher.

»Und wozu regt ein Gewehr an…?«, fragte Papa mit der gleichen lauten Stimme. »…ein Geschöpf zu verletzen oder zu töten, dazu regt ein Gewehr an. Zu Mord und Totschlag«, schloss Papa etwas leiser.

»Ich habe nur an Scheibenschießen gedacht«, sagte Onkel Hilary steif, »und an Geschicklichkeit und einen sicheren Blick ...«

»Vielleicht in ein paar Jahren«, sagte Neds Vater, als ob Onkel Hilary nichts gesagt hätte. »Wenn du vierzehn bist und wenn du dann schießen lernen möchtest ...«

»Papa, weißt du nicht mehr, wie wir zusammen auf dem Rummelplatz waren?«, protestierte Ned. »Da hast du mich auch am Schießstand schießen lassen und der Mann hat gesagt, ich hätte einen sicheren Blick und eine ruhige Hand. Weißt du das nicht mehr?«

»Das war nur ein Spiel«, sagte Papa. »Hilary, du hättest wirklich vorher mit mir darüber sprechen sollen!«

»Ich habe gedacht, du wärst überglücklich, wenn Ned die Eichhörnchen herunterholt, die deine Dachbalken annagen. Du beklagst dich immer endlos über sie ...«

»Das ist genau das, was ich auf gar keinen Fall will.« Papas Stimme nahm einen versöhnlicheren Ton an: »Hilary, Ned weiß deine Großzügigkeit zu schätzen und ich ebenfalls. Aber diesmal muss ich wirklich Nein sagen. Ich werde das Gewehr wegpacken. Wenn Ned größer ist, kann er es haben.«

Papa streckte die Hand nach dem Luftgewehr aus. Ned reichte es ihm und dachte einen Augenblick, die beiden Männer würden Streit anfangen. Onkel Hilary hatte einen Schritt auf Papa zu gemacht, als ob er ihm das Luftgewehr aus der Hand reißen wollte. Und Papa reckte das Kinn vor und kniff die Augen zuammen. Dann sagte Onkel Hilary:

»Es tut mir Leid, dass ich dieses Missverständnis verursacht habe«, und verließ das Wohnzimmer. Ned lauschte seinen schnellen Schritten, wie er die Treppe hinaufging.

»Ich weiß, dass du enttäuscht bist, Ned«, sagte Papa sanft. Er legte Ned die Hand auf die Schulter; sie fühlte sich an wie ein Stein. »Hab Vertrauen zu mir, Ned.«

Ned starrte die Gravierung auf dem Kolben des Luftgewehrs an, das Papa mit dem Lauf nach unten in der anderen Hand hielt. Sie sah aus wie ein großer Vogel im Flug.

»Willst du mir vertrauen?«, fragte sein Vater noch einmal und drängender.

Im Zimmer schien es beinahe unerträglich warm geworden zu sein. Ned nickte langsam. Sein Vater nahm die Hand von Neds Schulter. Ned ging zum Radio und strich dem Bronzelöwen mit einem Finger über den muskulösen Rücken. Der Finger wurde staubig. Ned stellte sich vor, wie Mrs. Scallop sagte: »Mrs. Scallop staubt keine Löwen ab.«

»Mit Luftgewehren passieren so viele Unfälle, Ned, böse Verletzungen im Gesicht, man kann sogar jemandem ein Auge zerstören.«

»Ich würde bloß auf alte Konservendosen schießen«, sagte Ned. »Ich würde nie auf ein Eichhörnchen schießen.«

Er wandte sich ab von dem Löwen und sah auf Vaters Gesicht einen Ausdruck, den er nicht mochte. Es war das Mitgefühl, das immer da war, wenn Papa Nein zu etwas sagte, das Ned sich wünschte. Das Nein war schlimm genug, das Mitgefühl war schlimmer.

»Denk nicht mehr an das Luftgewehr. Du bekommst noch andere Geschenke«, sagte Papa.

Ned nickte, weil er wusste, wenn er jetzt nicht nickte,

dann behielt sein Vater ihn hier, bis er es endlich doch tat. Sein Vater bestand immer auf Einigkeit, ganz egal, was passiert war. Ned ging hinauf in den kleinen Raum über der Veranda, den Papa ihm als »Arbeitszimmer« gegeben hatte. Im Flur sah er, dass Mamas Zimmer dunkel war; aber unter Onkel Hilarys Tür schaute ein Lichtstreifen hervor. In seinem Zimmer warf Ned sich auf das alte Rosshaarsofa, das Papa ihm hier hereingeschleift hatte. Er warf einen Blick auf die Stapel von Ansichtspostkarten auf dem Tisch; manche waren von Onkel Hilary, andere hatte er auf dem Speicher gefunden. Sein Briefmarkenalbum lag aufgeschlagen auf dem Fußboden; »Ruanda-Burundi« stand oben auf der Seite, aber sie war noch leer. Auf dem Regalfach standen Onkel Hilarys Geschenke von früher. Ned konnte damit nichts anfangen; sie waren bloß da und verstaubten.

Er hörte die Schritte seines Vaters auf der Speichertreppe. Dorthin also brachte er das Luftgewehr und er würde es nicht einmal verstecken. Das Schmerzliche war: Ned hatte nicht immer Vertrauen zu seinem Vater, aber sein Vater hatte Vertrauen zu ihm. Das kam Ned irgendwie unfair vor, auch wenn er nicht erklären konnte, warum.

Das Einzige auf der Welt, was ihn in diesem Augenblick leichter stimmen könnte, wäre, wenn er das Gewehr noch einmal in der Hand halten könnte, wenn er sein Gewicht spüren, es genau untersuchen könnte, jeden Zentimeter. Nur einmal. Dann würde er nicht mehr daran denken, so, wie sein Vater es ihm befohlen hatte.

Neds Zimmer hatte keine Tür, nur einen schweren alten Samtvorhang an Ringen. Papa schob ihn beiseite und steckte den Kopf herein.

»Gute Nacht, lieber Ned«, sagte er.

»Gute Nacht, Papa.«

»Bleib nicht zu lange auf.«

Die Nachtgeräusche des alten Hauses verstummten nach und nach, bis nur noch das Knarren und Seufzen in den Bohlen und Balken des alten Holzwerkes zu vernehmen war. Der orangefarbene Vollmond schien doppelt so groß zu sein wie sonst; in seinem Licht konnte Ned die Zweige des Ahornbaumes deutlich sehen. Bei Wind, schon bei einer leisen Brise, streiften sie über das Fenster. Papa sagte immer, der Baum müsste beschnitten werden, aber Ned mochte das Geräusch der Zweige auf den Scheiben.

Sonst hatte er sich immer so gefreut, wenn Onkel Hilary zu Besuch kam, aber diesmal nicht. Ned wälzte sich vom Sofa herunter auf einen langen Mondlichtstreifen auf dem Boden. Eine Münze fiel aus seiner Hosentasche; der Fünfer, den er heute Morgen in der Kirche nicht in die Kollekte hatte geben können. Der Vormittag schien schon eine Woche lang her zu sein. Ned knipste den Fünfer in eine Ecke wie einen Schusser und ließ ihn dann einfach dort liegen.

Der Vollmond verteilte im ganzen Haus schimmernde Seen und Ströme und schmale Strahlen aus Licht. Ned wanderte von Fenster zu Fenster, die Schuhe in der Hand, damit er keinen Lärm machte, und verlor das Zeitgefühl. Das Haus schien über dem langen Wiesenhang zu schweben, der sich zum Hudson hinunterzog und hinüber zum Rand des Fichtenwäldchens. Im Sommer saß Ned dort oft in einem Baum und las. Es kam ihm so vor, als könne er von den Erkerfenstern im Wohnzimmer aus gerade eben noch das kalkweiße, gespenstische Landhaus Makepeace erkennen.

An den Büchertisch gelehnt, sah er durch das Fenster die schwarzen, schmalen Gebäude der Irrenanstalt drüben am anderen Ufer des Hudson. Papa hatte ihn einmal dorthin mitgenommen, als er jemanden aus der Gemeinde besuchen musste, der überall im Dorf Feuer angezündet hatte.

Ned erinnerte sich, dass er unter einer großen Ulme gesessen und mit einem Holzpferd gespielt hatte, während sein Vater in dem Haus aus roten Ziegelsteinen war, an dem die Veranda rundum mit starkem, schwarzem Maschendraht verschlossen war. Einmal hatte er aufgeschaut und geglaubt, ein rundes, blasses Gesicht wie ein kleiner Mond beobachte ihn.

Obwohl es nach der Hitze des Tages noch immer warm war, schauderte Ned wie in Winterkälte. Er ging durch den Flur zur Küche und blieb dann lange lauschend am Fuß der Hintertreppe stehen.

Seine Kopfhaut kribbelte. Er stieg hinauf und hielt den Atem an, als er an Mrs. Scallops Zimmer vorbeikam. Er stellte sich vor, er sähe sie im Bett liegen, eine kleine Erhebung, wie ein Kuchen, der im Ofen auf dem Backblech aufgeht. Er hörte ein leises Geräusch, fast ein Schnarchen.

Die Speichertreppe kroch er auf allen vieren hinauf, schob sich vorsichtig zwischen den Stapeln alter Zeitschriften hindurch. Der Mond leuchtete nicht mehr orangefarben; sein Licht war nun blass und schwächer, doch es reichte, um die Stapel Bücher und Schachteln, Koffer und Kisten, Körbe und Kartons zu sehen. Das Luftgewehr lag nicht dazwischen, sondern in der nicht ausgebauten Mansarde in der Speicherecke. Ned fand es beinahe sofort, als ob es eine Stimme hätte und nach ihm riefe.

Er hörte sein Herz klopfen, als er sich hinkauerte und die Schachtel berührte. Nach einer Weile ging er wieder zur Treppe und lauschte, dann kehrte er zurück in die Mansarde, öffnete die Schachtel und nahm das Luftgewehr heraus. Ohne einen einzigen Laut schlich er hinunter in die Küche, lehnte das Gewehr an die Wand und schlich noch einmal hinauf, um seine Schuhe zu holen.

Er zog sie erst draußen an, ein gutes Stück weit entfernt von der Veranda. Er wusste jetzt, dass er das Luftgewehr einfach einmal ausprobieren musste. Erst dann konnte er das tun, was sein Vater ihm befohlen hatte: nicht mehr daran denken.

Ned warf einen Blick zurück auf das Haus; es hatte einen riesigen, beinahe formlosen Schatten, um den die kleineren Schatten der Bäume lagen.

Er lief die Auffahrt hinunter um die Kurve, hinter der das Haus verschwand. In dem kleinen Stall dort stellte Papa das Auto bei schlechtem Wetter unter. Unkraut überwucherte den Weg fast völlig. Es war eigentlich eher eine alte Scheune, noch viel älter als das Wohnhaus, mit Mauern aus großen behauenen Steinen; Efeu erstickte einen Teil des halb eingesackten Daches. Hier hatte Cosmo, Mamas schwarzer Wallach, früher seinen Stall gehabt; das hatte Mama ihm erzählt. Und nachts hatte sie manchmal gelauscht, ob sie sein leises Schnauben hörte oder seinen dumpfen Hufschlag auf dem Stallboden.

Der Nachthimmel veränderte sich; dünne Wolkenschleier zogen vor dem Mond dahin. Für einen kurzen Augenblick sprang eine sanfte Brise auf und ließ das hohe Gras an der Stallmauer rascheln. Sogar innen wuchs Gras.

Papa hatte gesagt, es würde nicht mehr lange dauern, bis der Stall vollends zusammensackte und verrottete. Auch darum müsste er sich eigentlich kümmern, hatte aber weder Zeit noch Geld dazu.

Neds Gehör war schärfer geworden. Er konnte die verschlafenen nächtlichen Laute der Vögel hören, das Rascheln von Feldmäusen oder Wühlmäusen im trockenen Gras; vielleicht war es sogar ein Waschbär.

Ned erinnerte sich, wie er damals auf dem Rummelplatz das Luftgewehr an die Schulter gelegt hatte, und genauso machte er es jetzt. Er visierte am Lauf entlang, richtete ihn zuerst auf die Fichten und drehte sich dann ganz langsam. So zog er einen weiten Zielkreis von der Bergkette im Osten über den Strom hinüber zum Westkamm des Storm-King-Berges. Er zielte hoch über die Ahornbäume hinweg, die das Landhaus Makepeace teilweise verbargen, schwenkte weiter auf den Hang, hinter dem ihr eigenes Haus stand, und noch ein Stückchen weiter, bis er sich einmal ganz um die eigene Achse gedreht und wieder die Stallwand vor sich hatte.

Er blinzelte und riss das rechte Auge weit auf und sah einen Schatten auf den Steinen, die im Mondlicht aschfarben wirkten. Für den Bruchteil einer Sekunde sah der Schatten lebendig aus. Ehe Ned wusste, wie, hatte sein Finger den Abzug heruntergedrückt.

Es gab ein schnelles *Wusch*, das gleiche Geräusch, das ein Vogel verursacht, wenn er aus dem Unterholz auffliegt. Dann war wieder Stille. Ned wusste nicht, ob es auch einen Knall gegeben hatte, von dem seine Eltern vielleicht aufgewacht waren, aber etwas hatte er gehört, etwas wie eine flüchtige Bewegung in der Luft. Er ging dicht an die Scheune heran. Da war kein Schatten mehr. Gar nichts. Es war so, als hätte er nur geträumt, dass er mit dem Luftgewehr geschossen habe.

Müde und wie benommen trottete er zurück zum Haus. Es würde endlos dauern, bis er in sein Bett kriechen und schlafen konnte. Er spürte, wie das Luftgewehr locker an seiner Seite hing. Es interessierte ihn überhaupt nicht mehr.

Das Haus verschwand nun beinahe in der Dunkelheit, denn Wolken bedeckten den Himmel; Ned warf einen Blick zum Speicher, wohin er das Luftgewehr jetzt wieder zurücktragen musste.

Dann blieb er völlig reglos stehen. Er war ganz sicher, dass sich da oben ein Gesicht an eine Fensterscheibe presste und zu ihm herunterschaute, genauso wie damals das Gesicht hinter dem schwarzen Maschendraht am Irrenhaus.

Der alte Mann

Alles Gute zum Geburtstag, Ned«, sagte seine Mutter. Sie saß fertig angekleidet in ihrem Rollstuhl. Schon von der Tür aus sah Ned, dass sie etwas in der Hand hielt. »Komm zu mir«, sagte sie.

Manchmal ging Ned morgens zu Fuß in die Schule und manchmal fuhr Papa ihn mit dem Auto hin. Nur eines änderte sich nie: Die Tür zu Mamas Zimmer war immer geschlossen, wenn er mit seinen Schulbüchern unter dem Arm auf Zehenspitzen zum Frühstück hinunterschlich. Er konnte sich nicht erinnern, dass sie schon jemals so früh aufgewesen wäre, um ihm zum Geburtstag zu gratulieren. Es bedeutete, dass sie und auch Papa sehr früh aufgestanden waren, denn Papa musste ihr beim Ankleiden helfen, sie frisieren und sie dann in den Rollstuhl tragen. Ned legte seine Bücher im Vorbeigehen auf Mamas Bett. Er war verlegen; er war es nicht gewohnt, sie schon am Morgen zu sehen, wenn sein Tag gerade erst begann.

Mama öffnete die Hände. Eine goldene Taschenuhr lag darin, beinahe so flach wie eine Waffel, und die Kette dazu schlängelte sich wie eine kleine goldene Schlange um Mamas Finger.

»Diese Uhr hat meinem Vater gehört und nun gehört sie dir.« Mama gab ihm die Uhr und Ned nahm sie und hielt sie ans Ohr. Sie tickte leise. »Heb sie einstweilen in deinem Nachttisch auf. Später, wenn du ins College gehst, trägst du sie dann in der Tasche.«

Ned schaute Mamas Hände an; das tat er jeden Tag als Erstes. Ihre Daumengelenke waren stärker geschwollen als gestern.

»Danke, Mama«, sagte er.

»Du erinnerst dich sicher überhaupt nicht mehr an deinen Großvater, du warst damals noch so klein. Er würde sich darüber freuen, dass du jetzt seine Uhr hast. Schau, auf der Rückseite sind die Anfangsbuchstaben seines Namens eingraviert. Großvater hat die Uhr geschenkt bekommen, als er seine Arbeit bei der Zeitung aufgab und in Pension ging.«

Die Uhr lag warm in Neds Hand, als ob sie lebendig wäre.

»Onkel Hilary hat dir eine schöne alte Goldmünze aus Frankreich geschenkt, einen *écu*. Papa wird sie dir geben. Ich glaube, diesmal ist es ein goldener Geburtstag.« Mama lächelte. Ned fand, sie sehe unsicher aus. Er spürte, dass sie noch etwas sagen wollte und nach Worten suchte. Eine plötzliche Ungeduld überfiel ihn und er wünschte, er wäre schon fort, aus dem Haus und auf dem Schulweg. Dieses Gefühl hatte er nur sehr selten, wenn er mit Mama zusammen war. Aber heute war er schon so aufgewacht: voller Unbehagen und Hast.

»Onkel Hilary tut die Sache mit dem Luftgewehr Leid«, sagte Mama langsam und schaute dabei auf ihre Hände. »Er hat eingesehen, dass er zuerst mit Papa hätte sprechen sollen.«

Ned spürte, wie er rot wurde. Mama schaute ihn jetzt an. Er wich ihrem Blick aus.

»Ich mag Gewehre auch nicht«, sagte Mama leise. »Ich fürchte mich davor.« Ned war zu Mute, als ob er Mama anlügen würde, wie er so stumm dastand und nicht sprechen konnte. »Ach Ned, mir tut es auch Leid!«, rief sie.

»Ich muss gehen«, murmelte Ned, machte kehrt, verließ das Zimmer und lief hinunter.

In der Schule sang seine Klasse *Happy Birthday to you*. Ein paar Jungen prusteten und ein paar Mädchen kicherten. Miss Jefferson hatte selbst gebackene Plätzchen und einen Korb voll Jonathanäpfel mitgebracht und las Ned zu Ehren ein Kapitel aus *Der Ruf der Wildnis* von Jack London vor. Es war stickig im Klassenzimmer, so heiß wie im August. Die anderen Kinder schauten Ned an, dann einander und grinsten hin und wieder. Das machten sie immer so, wenn jemand Geburtstag hatte, als ob ein Geburtstag eine besondere Leistung wäre. Es ist überhaupt nichts dabei, sagte sich Ned, bloß ein Tag, der eben einfach kommt.

Am Abend brachte Mrs. Scallop den Kuchen, den sie gebacken hatte, in Mamas Zimmer. Papa trug einen großen Krug frischer Zitronenlimonade und die Geschenke für Ned. Miss Brewster hatte *Die Schatzinsel* von Robert Louis Stevenson geschickt und der Frauenverein einen Band mit Gedichten von Rudyard Kipling. Papa schenkte ihm einen neuen Wintermantel und ein Buch über Robin Hood, außerdem einen Atlas, damit er lernte, wo die Länder lagen, aus denen seine Briefmarken stammten.

»Du musst alle Kerzen ausblasen, sonst widerfährt dir ein unbekanntes Schicksal«, warnte Mrs. Scallop.

Seine Mutter lachte laut und rief: »Aber Mrs. Scallop! Das Schicksal ist immer unbekannt, für alle!«

Ned blies die Kerzen aus. Seine Eltern und Mrs. Scallop klatschten und dann schnitt er den Kuchen an und reichte die Stücke herum. Mrs. Scallop schenkte ihm den scheußlichsten Flickenteppich, den Ned je gesehen hatte, und meinte, der wäre hübsch vor seinem Bett und außerdem im Winter so schön warm unter den Füßen. Ned war froh, als er wieder allein in seinem Zimmer saß. Er holte sich einen Packen Tiergeschichten hervor, die er im Lauf der Jahre aus der Zeitung ausgeschnitten und in einem alten Schuhkarton gesammelt hatte. Manche Geschichten waren eigentlich für viel jüngere Kinder und Ned schämte sich ein bisschen vor sich selbst, weil er in seinem Alter so etwas manchmal noch gerne las. Aber es war irgendwie tröstlich, die Bilder zu betrachten, dieses dicke Kaninchen etwa, das in einem Gemüsebeet saß.

Sein Geburtstag war beinahe vorbei. Im Haus wurde es still bis auf das Tröpfeln der Toilettenspülung, die Papa nie so reparieren konnte, dass sie wirklich in Ordnung war.

Plötzlich zerriss Ned eine Hand voll Geschichten und stopfte sie in den Papierkorb. Die goldene Uhr tickte auf der Kommode, seine neuen Bücher hatte er daneben aufgestapelt. Es war wirklich ein sehr schwieriger Tag gewesen. Und nur wegen des Luftgewehrs und seiner Sorge darüber, was er damit angestellt hatte. Seit Onkel Hilarys Besuch bedrückte ihn diese Sorge, egal, worüber er gerade nachdenken mochte. Hatte er wirklich ein Gesicht am Fenster gesehen, ein Gesicht, das zu ihm herunterschaute? Wenn es stimmte, dann musste es Mrs. Scallop gewesen sein. Und wenn sie es gewesen war und wenn sie das Gewehr gesehen hatte, warum hatte sie dann nichts gesagt? Hatte er das Gewehr vielleicht so getragen, dass sie es nicht sehen konnte? Hatte das Gewehr viel lauter geknallt, als er dachte, und sie geweckt?

Er sah die Stallwand vor sich, als ob sie sich hier ins Zimmer geschoben hätte. Er sah eine winzige Bewegung oder flimmerndes Mondlicht oder vom Wind gebeugtes Gras, irgendetwas, das das Luftgewehr anzog und ihn dazu gebracht hatte, abzudrücken. Ned schüttelte den Kopf und die Stallwand verschwand. Er wünschte, Onkel Hilary wäre nicht gekommen.

Denk nicht mehr an das Gewehr, hatte Papa gesagt. Jetzt dachte er ständig an das Gewehr. Er konnte Papa sagen, was er getan hatte. Papa würde ihn niemals mit dem Hosengürtel verprügeln, so wie Billy Gaskells Vater das wegen jeder Kleinigkeit mit Billy machte. Nein, Papa würde nur ernst und enttäuscht sein, aber er würde ihm verzeihen.

Ned schob den Kopf unter das Kissen. Irgendwann schlief er ein.

Die Hitze hielt noch vier weitere Sonntage. Der Blumenschmuck vor der Kanzel welkte in einer Stunde. Der alte Mr. Deems, benommen von der Hitze, schnarchte laut wie eine Säge über alle Kirchenlieder hinweg. Auf der Heimfahrt von der Kirche wehte der Wind so warm durch die offenen Autofenster, als ob er aus einem Backrohr käme.

Ned aß sein frühes Sonntagsnachtmahl auf der Veranda; der Himmel glühte wie Feuer, die Klosterglocken läuteten zum Abendgottesdienst, ihr Klang schien wie durch Watte zu dringen.

Ned ging seine Mutter besuchen. Ein Fächer aus Palmstroh lag auf ihrem Tablett, sie saß darüber zusammengesunken. Ned fächelte ihr eine Weile frische Luft zu. Sie lächelte dankbar und murmelte: »Der Mensch kann alles erfinden, nur das Wetter nicht.«

Der Strom war tintenblau und sah so unbeweglich aus wie Wasser in einem Becken.

»Ist alles in Ordnung, Neddy?« Die Frage überrumpelte ihn. Mamas Stimme klang drängend, und obwohl es keine ungewöhnlichen Worte waren, trafen sie genau die schmerzende Stelle in seinem Gedächtnis.

»Ich muss ein Gedicht über den Herbst machen«, antwortete er hastig. »Für morgen und ich hab noch nicht angefangen.«

Mama lehnte den Kopf an die Rückenlehne des Rollstuhls und schaute ihn stumm an.

»Ich habe mir überlegt, ich schreib was über die Zigeuner, die Papa und ich heute gesehen haben. An der Landstraße nach Waterville, zwei Wohnwagen und …« Ned unterbrach sich, in Mamas Augen leuchtete ein plötzliches Interesse auf, wie ein Licht, das eingeschaltet wurde. »… und viele magere schwarze Hunde, und Kinder, und die Frauen alle in bunten Kleidern. Papa hat gesagt, sie kommen immer im Oktober.«

»Das ist ein guter Einfall, Ned«, sagte Mama. »Zigeuner im Herbst.«

Er hatte wirklich eine Hausaufgabe abzuliefern, aber erst in einer Woche und auch kein Gedicht, sondern einen Aufsatz, eine Naturbeschreibung. Er hatte es fertig gebracht, seine Mutter anzuschwindeln; ihm wurde ein bisschen übel dabei.

Eine Lüge war so ordentlich wie ein kleines Kästchen, das er aus ein paar dünnen Brettchen mit Nägeln und Leim bauen konnte. Aber die Wahrheit lag überall verstreut herum wie das Durcheinander oben auf dem Speicher. Beim Gedanken an den Speicher, an die Mansarde und das, was darin lag, war Ned zu Mute, als ob sich eine riesige Hand auf seinen Mund drückte.

Seine Mutter sah ihn unverwandt an. Plötzlich begriff er, dass sie versuchte in seinem Gesicht zu lesen, und empfand eine seltsame Erleichterung. Er hatte sie nicht restlos überzeugt; dadurch fühlte er sich sicherer, wenn er auch nicht wusste, warum.

Der nächste Tag, der letzte Montag im Oktober, begann warm, aber Ned spürte, dass etwas anderes schon in der Luft lag. Vielleicht lag es an der völligen Reglosigkeit der Blätter und des Grases. Sie schienen auf etwas zu warten.

Ned und die anderen Kinder, mit denen er nachmittags meist von der Schule heimging, überquerten schnell die Landstraße mit ihrem heißen Asphalt; dann stiegen sie den steilen, kurvenreichen Fahrweg hinauf und ihr Grüppchen verstreute sich. Ned warf einen sehnsüchtigen Blick auf das Steinhaus, das so kühl und geheimnisvoll aussah. Billy Gaskell, der elf war wie Ned, aber größer und stärker, hob Steine auf und schleuderte sie über den Weg. Sie wirbelten kleine Staubwolken auf. Evelyn Kimball, die immer ungekämmt aussah und oft mit offenen Schuhriemen herumlief, quiekte jedes Mal, als ob sie gekniffen worden wäre. Janet Hoffman, so dünn wie der lange Zopf, der über ihren Rücken hinunterhing, trottete etwas abseits für sich allein dahin. Ned wünschte, Evelyn würde den Mund halten; Reden machte die Hitze bloß noch schlimmer. Er steuerte auf den Straßengraben zu, er wollte sich auf die Böschung setzen und ausruhen und die anderen vorausgehen lassen. Auf dem Boden lag ein interessant aussehender Stock; aber als Ned sich danach bückte, huschte er schnell davon. Ein Stückchen weiter im Graben entdeckte Ned noch zwei Schlangen, eine orangefarben und braun wie die erste Schlange, die andere weiß mit grünem Zickzackmuster.

»Iiiiiiii … Schlangen!«, hauchte Evelyn, die sich neben Ned gestellt hatte.

Billy kam ebenfalls näher. »Was habt ihr denn da?« Dann sah er die Schlangen, bückte sich blitzschnell, packte eine und schrie: »Ich brech ihr die Giftzähne raus!«

Alles Weitere passierte genauso schnell. Janet senkte den Kopf wie eine kleine Ziege, rammte ihn Billy ihn den Bauch, der fiel flach auf den Rücken. Die Schlange flog ihm aus der Hand, landete im hohen Gras auf der anderen Grabenseite und war schon verschwunden. »Schlangen sind auch menschlich, du Grobian!«, brüllte Janet. Und schon saß sie auf Billy, umklammerte seinen dicken Bauch mit ihren mageren, verschorften Beinen, packte ihn bei den Haaren, zog ihm den Kopf hoch und ließ ihn auf den Weg fallen.

Billy stemmte sich hoch und Janet rollte in den Staub. Evelyn zog sie wieder auf die Beine und begann sofort, ihr den Schmutz aus dem Kleid zu klopfen. Ned wunderte sich, dass Billy grinste; dann lachte er sogar und schlug sich auf die Knie.

»Lach ruhig!«, höhnte Evelyn. »Diesmal hast du's gekriegt, Billy. Und noch dazu von einem Mädchen!«

Billy blieb ungerührt. Er marschierte weiter, die breiten Schultern ein wenig gebeugt. Ned fand, er gleiche dem Büffel auf der Fünfcentmünze. Billy wohnte noch eine gute Meile weiter als Ned und niemand fuhr ihn zur Schule, ganz gleich, wie schlecht das Wetter war. Der Waldweg, in den Janet abbiegen musste, war schon zu sehen, und ehe sie sich dort von den anderen trennte, sagte Ned bewundernd: »Das hast du gut gemacht, eben. Bloß sind Schlangen eigentlich nicht menschlich.«

»Sie sind lebendig«, sagte Janet.

»Billy ist so dumm, der merkt nicht mal, wenn er eins auf den Deckel kriegt«, sagte Evelyn und hielt mit Ned Schritt. Billy war nun schon weit voraus.

»Warum wollte er ihr die Giftzähne rausbrechen?«, fragte Ned.

»Diese Sorte Schlangen hat überhaupt keine Giftzähne. Sie sind nicht giftig. Billy ist gemein. Er wollte ihnen bloß was tun.«

»Aber … warum?«, murmelte Ned.

»Janet hat's ihm jedenfalls gezeigt! Und er hat sich nicht mal gewehrt. Dabei ist er zweimal so groß, der Trottel!«

Sie stolperte über einen Erdhaufen, wirbelte eine Staubwolke auf und fing sich wieder. Ned schaute in ihr Gesicht mit den mandelförmigen Augen. Soweit er sich überhaupt erinnern konnte, hatten die Kimballs schon immer in dem großen, altersschwachen Haus auf der Lichtung gewohnt, und seit er acht war, ging er mit Evelyn von der Schule heim. Aber sie hatte noch nie zuvor so viel auf einmal mit ihm geredet; die Schlangen hatten sie gesprächig gemacht. Seine Mutter mochte Mrs. Kimball. Sie kam hin und wieder, um sie zu versorgen. Mr. Kimball war Zimmermann, aber er fand in diesen schlechten Zeiten nicht viel Arbeit. Papa hatte einmal gesagt, er begreife nicht, wie der arme Mann es fertig bringe, seine vielen Kinder zu ernähren.

»Manchmal jage ich die Hühner«, vertraute Evelyn ihm an. »Dann rennen sie rum und gackern wie verrückt.«

»Aber du tust ihnen doch nichts?«

»Nein, ich mach ihnen bloß Angst. Aber Mama dreht ihnen den Hals um.«

»Das muss wehtun.«

»Na ja … dann sind sie tot. Und dann essen wir sie auf.« Evelyn lachte laut. »Diese Janet! Dieser dünne, kleine Käfer!« Sie winkte Ned zu und bog in den Hof ein, in dem Hühner zwischen Bretterstapeln in der Erde scharrten. Auf einem umgedrehten Waschzuber saß ein kleiner Bub in einem Männerhemd und schrie: »Evi! Evi ist da!«

Ned bog ebenfalls vom Fahrweg ab; er hatte sich über die Weide einen Pfad zur Landstraße getrampelt, die etwa hundert Meter weiter unten verlief. Dort stand Mr. Scullys Briefkasten auf einem splittrigen Pfosten. Ned nahm die Zeitung von Waterville und einen Brief heraus und lief den Hügel hinauf zu Mr. Scullys Haus. Er klopfte an der Küchentür. Gleich darauf hörte er es rascheln. Mr. Scully bewegte sich in seinem Haus wie eine Maus in einer Papiertüte. Durch die Tür aus rostigem Fliegendraht roch es nach Holzasche und getrockneten Äpfeln.

»Hallo, Ned«, sagte Mr. Scully durch das Drahtgitter. Er war ein kleiner, gebückter Mann, der immer schwarze Hosen und ein altes, grün-schwarz kariertes Wollhemd trug. Er öffnete die Tür, Ned musste von der Treppenstufe herunterspringen, um ihr auszuweichen, und dann gleich wieder hinaufspringen und ins Haus sausen, ehe die Tür wieder zufiel. Mr. Scully sah den Brief in Neds Hand. Meistens bewegte er sich sehr langsam, etwa so wie Ahornsirup über einen Teller läuft, doch diesmal griff er schnell nach seiner Brille und streckte die Hand nach dem Brief aus. Er warf einen Blick darauf und seufzte: »Bloß eine Arztrechnung.« Ned wusste, dass er immerzu auf Nachricht von seiner Tochter Doris hoffte, die schon vor Jahren an die Westküste gezogen war.

Es war dunkel in der Küche. Sie hatte nur ein Fenster und das war schmutzig. Mr. Scully schaltete grundsätzlich kein Licht an, ehe es Abend wurde, weder das elektrische noch die Petroleumlampe. Ned machte sich an die Arbeit. Er pumpte Wasser und wusch das Geschirr von gestern Abend, vom Frühstück und von heute Mittag. Mr. Scully hatte es in einer angeschlagenen Emailschüssel zusammengestellt. Es waren bloß eine Tasse, zwei Teller, ein kleiner Topf, eine Bratpfanne, zwei Gabeln und ein scharfes kleines Messer mit einer abgewetzten, dünnen Schneide. Dann fegte Ned die Küche und das Wohnzimmer. Im Schuppen lag ein reichlicher Vorrat an gehacktem Holz aufgestapelt, aber oft bat ihn Mr. Scully, noch mehr Späne zum Anzünden zu hacken, da er sonst vielleicht nicht genug Brennholz für den kalten Winter habe. Manchmal machte Ned auch das Bett. Mr. Scully benutzte bloß

Decken, keine Laken. Zum Schluss sortierten sie zusammen einen von den vielen vollen Kartons aus, die Ned alle vom Speicher heruntergeschleppt und im Wohnzimmer aufgestapelt hatte. Meistens schafften sie zwei Kartons in der Woche.

»Früher war ich mal der junge David Scully, jetzt bin ich der alte David. Es wird Zeit, dass ich meinen Kram in Ordnung bringe«, hatte Mr. Scully gesagt, als er beschloss alle seine Sachen auszusortieren. Wenn in einem Karton eine Postkarte auftauchte, bekam Ned sie für seine Sammlung. Die meisten Sachen stopfte Mr. Scully zum Wegwerfen in einen Sack.

Mr. Scully konnte mit seinem uralten Auto noch immer zu dem kleinen Geschäft fahren, das etwa zwei Meilen entfernt unten an der Landstraße lag, und dort seine Lebensmittel einkaufen. Er konnte noch immer selbst Brot backen und Apfelmus kochen. Aber er machte sich Sorgen, wie lange er das wohl alles noch allein erledigen könnte, und er fürchtete sich vor dem Winter: Das spürte Ned.

Das Haus war sehr alt und von Anfang an nichts Besonderes gewesen. Inzwischen waren die Fensterrahmen beinahe verfault und alle Fußböden knarrten. Der Wind zog durch das Haus wie durch ein Sieb. Als Mr. Scullys Tochter zum letzten Mal hier gewesen war, hatte sie die Wasserleitung ins Haus legen lassen und einen Gasherd und einen Eisschrank gekauft. Aber Mr. Scully zapfte sein Wasser weiterhin mit der alten Pumpe in der Küche und er legte nie was in den Eisschrank. Einmal gab er widerstrebend zu, dass die Toilette im Haus doch besser sei als das Plumpsklo im Hof.

Der alte Mann konnte sich wirklich noch recht gut selbst versorgen. Es ging ihm vor allem darum, jeden Tag ein oder zwei Stunden lang Gesellschaft zu haben; das hatte Ned nach ein paar Monaten bemerkt. Mr. Scully hatte genug Brennholz für zehn Winter.

»Demnächst müssen wir auch mal den Hof aufräumen«, sagte er. Auch Ned schaute durch das verstaubte Fenster hinaus. Der Hof sah wirklich ziemlich verschlampt aus. Da lag ein Haufen alter, abgefahrener Autoreifen; eine verrostete Sense lehnte an einem Baum; der unerwünschte, unbenutzte Eisschrank stand unter dem Schuppendach und darauf lag eine zusammengeknäulte verschlissene alte Steppdecke. Etliche andere Gegenstände verrotteten nach und nach und waren allmählich kaum noch vom Boden zu unterscheiden.

»Wie alt bist du, Ned? Ich weiß, du hast es mir sicher schon mal gesagt, aber ich vergess so vieles.«

»Elf«, antwortete Ned. »Ich hab letzten Monat Geburtstag gehabt.«

»Ich bin neunundsechzig Jahre älter als du.« Mr. Scully spitzte die Lippen wie zum Pfeifen und gab dann stattdessen ein kurzes, trockenes Lachen von sich.

Die Blätter des Ahornbaumes vor dem Fenster waren braun und gefleckt wie Mr. Scullys Stirn und Hände.

»Merkst du auch, wie die Tage kürzer werden? Schau dir die Krähen da draußen an; die wissen, dass der Winter kommt.«

Ned stellte das Geschirr zum Trocknen auf das Ablaufbrett. Es gab kein Geschirrtuch. Es war schwierig, sich jetzt den Winter vorzustellen, wenn alle Wiesen so kahl sein würden wie das Brotbrett, das hinter der Wasserpumpe an einem Nagel hing.

Der alte Mann hantierte an dem neuen Gasherd, der neben dem großen, alten Feuerherd stand, mit dem er im Winter die Küche heizte. Mr. Scully kochte Tee, wie immer, wenn Ned da war. In seine Tasse gab er immer ein paar Tropfen aus einer kleinen Flasche, die er auf dem Regalfach bei den Konservendosen aufbewahrte. »Rum«, hatte er erklärt, als Ned zum ersten Mal zu ihm gekommen war. »Zum Warmhalten. Wenn man alt ist, ist es schwierig, sich warm zu halten.«

Mit dem Tee setzten sie sich ins Wohnzimmer und dann nahmen sie sich einen Karton vor. Manches wurde zum Verbrennen aussortiert und alte Kleidungsstücke zum Verschenken beiseite gelegt. Und dann zeigte Mr. Scully Ned alle möglichen Sachen von früher und erzählte ihm davon. Ned wusste schon, dass das Mr. Scullys Lieblingsbeschäftigung war, dass er es liebte, wenn Ned seinen Geschichten zuhörte.

Heute stopfte Mr. Scully bündelweise alte Zeitungsausschnitte über den Untergang der *Titanic* im Jahr 1912 in einen Sack und bemerkte dabei, er begreife nicht, warum er sie überhaupt aufbewahrt habe. Dann legte er Ned einen Stein in die Hand: »Schau dir den mal an. Das nennt man einen Speckstein. Schau, da ist etwas draufgeschnitzt worden.«

Der Speckstein fühlte sich wirklich speckig an. Ned konnte nicht erkennen, was die Schnitzerei darstellen sollte.

»Das ist Chinesisch und die Zeichen bedeuten Glück.

Also, ich schenk ihn dir zum Geburtstag, auch wenn der schon vorbei ist. Mein Onkel wäre sicher nicht der Meinung gewesen, dass der Stein viel Glück bringt. Er ist bei dem großen Erdbeben in San Francisco umgekommen. Das war schon 1906. Und wie sie ihn unter seinem zusammengefallenen Haus rausgezogen haben, da hat der Stein in seiner Brust gesteckt. Es ist ein heidnischer Stein. Ich weiß nicht, warum er ihn getragen hat.« Mr. Scully lachte plötzlich. Ned fand, es klinge eher wie Gackern.

»Danke«, sagte Ned. Es war ein seltsames Gefühl zu wissen, dass dieser Stein vor beinahe dreißig Jahren in der Brust eines Menschen gesteckt hatte.

»Stell dir das mal vor!«, rief Mr. Scully. »Alles, was du auf dieser Welt anrührst, hat eine Geschichte. Trink deinen Tee aus, er erfrischt. Hast du gewusst, dass heißer Tee einen Menschen abkühlt? Das Leben ist voller Widersprüche.«

Sie schauten sich zusammen ein dickes Album voll mit vergilbten, braunen Fotografien an. Mr. Scully blätterte die Seiten sehr langsam um. »Meine Mutter«, sagte er und zeigte auf das Bild eines jungen Mädchens mit dickem, krausem Haar über der Stirn. »Als das Bild gemacht worden ist, war ich noch nicht einmal geboren«, sagte er nachdenklich. »Das Leben ist seltsam.« Er zeigte auf das Foto eines Mannes in Uniform, der sich auf ein langes Gewehr stützte. »Und das war mein Vater.«

»Warum hat er ein Gewehr?«, fragte Ned.

»Das war im Bürgerkrieg. Mein Vater musste Soldat werden. Im September 1862 ist er schwer verwundet worden und bloß zum Sterben heimgekommen. Ich war damals sechs Jahre alt, Ned, aber ich sehe ihn noch heute vor mir, genauso deutlich wie dich jetzt. Er lag im Bett, so weiß wie die Laken, und meine Mutter saß bei ihm und legte ihm die Hand auf die Stirn. Ihre Finger waren damals so mager, dass ihr der Ehering bis auf den Fingerknöchel rutschte. Aber ihre Hand war so braun und gesund und lebendig und mein Vater so blass.«

Er schaute plötzlich auf und schnupperte: »Das Wetter schlägt um. Es kommt Sturm auf, das kann ich spüren.«

Ned hätte gern noch mehr gehört vom Bürgerkrieg, in dem der Norden des Landes für die Befreiung der schwarzen Sklaven war und der Süden dagegen. Er starrte auf das Gewehr auf dem Foto und erinnerte sich an das Luftgewehr in seinen Händen.

»Er schaut so stolz drein, nicht?«, sagte Mr. Scully. »Vielleicht sieht er auch nur so aus, weil er solch ein ernstes Gesicht macht und sich so steif halten musste beim Fotografieren. Stell dir das nur einmal vor! Da gab es einen jungen Mann, der in den Südstaaten zu den Soldaten musste und der meinen Vater dann umgebracht hat, wahrscheinlich ohne es zu wissen. Auch *der* hat sich vielleicht fotografieren lassen, in Uniform und mit *seinem* Gewehr, ehe er von daheim fortmusste.« Scully klappte das Album zu. »Das behalt ich«, sagte er.

Er sah müde aus; sein Kinn hing ein wenig herunter. Manchmal wurden seine Worte undeutlich, als ob man sie mit einem Schwamm verwischt hätte. Ned trug die Tassen in die Küche, spülte sie und stellte sie auf das Ablaufbrett. Der Himmel verdunkelte sich, aber auf den fernen Hügeln lag immer noch ein Hauch Sonnenlicht. Nächste Woche sollte er vielleicht den Hof aufräumen. Ned schaute zum

Küchenfenster hinaus, überlegte sich, wo und wie er anfangen wollte, und sah eine magere Katze langsam vom Klohäuschen her über den Hof kommen.

»Da ist eine Katze im Hof«, rief er Mr. Scully zu.

»Hier taucht öfter mal eine auf«, antwortete der alte Mann aus dem Wohnzimmer. »In eurem Wäldchen oben hausen welche. Wilde Katzen. Im Sommer kommen sie schon durch, aber der Winter bringt die meisten um.«

Ned beobachtete die Katze einen Augenblick. Dann sagte er: »Mit der da stimmt was nicht. Sie sieht krank aus.«

Er hörte, wie Mr. Scully beim Aufstehen ächzte und in die Küche schlurfte. Ned hatte bemerkt, dass er heute seine Pantoffeln trug. Das war ein Zeichen, dass er sich nicht besonders wohl fühlte; sonst trug Mr. Scully schwarze Schuhe, die an der Seite zugeknöpft wurden. Er trat zu Ned und beugte sich zum Fenster.

»Die sieht aus, als ob sie schon einen Winter mitgemacht hätte«, sagte Mr. Scully. »Armer Teufel. Bring ihr ein bisschen Milch mit Brotbrocken raus. Du kannst die Schüssel da nehmen. Stell sie irgendwo beim Schuppen hin. Sie sieht verwildert aus.«

Die Katze war grau wie ein Maulwurf und ihr Fell verfilzt. Sie schaute zum Haus herüber und schüttelte dabei ständig den Kopf, als ob sie etwas loswerden wollte, das sie beim Sehen behinderte.

»Was ist los mit ihr?«, fragte Ned.

»Sie hat Hunger«, antwortete Mr. Scully. »Und noch irgendwas …«

»Das eine Auge ist zu«, sagte Ned.

Die Katze kam näher.

»Das Auge ist weg. Da ist bloß ein kleines Loch«, sagte Ned und spürte einen Hauch von Angst.

Mr. Scully lehnte sich über den Spültisch vor dem Fenster. Ned konnte seinen Atem spüren.

»Du hast Recht«, sagte Mr. Scully. »So was kann passieren, wenn die Augen sich in der Kälte entzünden. Sie ist sicher schon letztes Jahr geboren worden, so groß wie sie ist. Oder jemand hat auf sie geschossen. Manche Jungen tun so was. Sie finden ein lebendiges Ziel interessanter als eine alte Konservendose. Oder sie hat mit einem anderen Tier gekämpft.«

»Sie sieht aus, als ob sie angetrocknetes Blut am Kopf hätte.« Ned kam seine eigene Stimme komisch vor, wie von weit weg. Er nahm die Schüssel mit Milch und Brot, ging hinaus und stellte sie unter den offenen Schuppen vor das aufgestapelte Brennholz. Als er sich wieder aufrichtete, strich eine schwache Brise vorbei, dann war die Luft sofort wieder ruhig.

Die Stille war so tief, als ob die Erde selbst den Atem anhielte. Nichts bewegte sich, bis auf eine Wespe, die über dem Klohäuschen kreiste. Ned beobachtete, wie ihre Kreise kleiner und kleiner wurden, bis sie plötzlich verschwand. Wahrscheinlich hatte sie ihr Nest unter dem Dach. Vielleicht gab es Schlangen in dem Dickicht aus Gras und Unkraut hinter dem Klohäuschen. Ned erinnerte sich plötzlich, wie Janet sich auf Billy gestürzt hatte und wie ihm die Schlange aus der Hand geflogen war. Ein Gedanke kreiste surrend in seinem Kopf herum; ein Gedanke, der stach wie eine Wespe.

Mr. Scully hatte gesagt: »In eurem Wäldchen hausen

auch verwilderte Katzen.« Der alte Stall lag zwischen dem Wohnhaus und diesem Wäldchen.

Ned hatte das Luftgewehr genommen und abgedrückt. Er hatte eine Bewegung an der Stallmauer gesehen. Das war aber kein Luftzug gewesen, der das hohe Gras bewegt hatte, sondern etwas Lebendiges. Er hatte seinem Vater nicht gehorcht und er hatte auf ein Lebewesen geschossen. Jetzt wusste Ned, dass es diese Katze gewesen war. Was hätte Janet mit ihm gemacht, wenn sie ihn an dem Abend dabei erwischt hätte, wie er auf den angeblichen Schatten schoss? Hatte er wirklich geglaubt, es sei ein Schatten? Konnte ein Schatten solch gespannte Aufmerksamkeit auslösen? Einem das Gehör schärfen und Herzklopfen verursachen?

Vor Jahren hatten die Frauen in der Gemeinde sich selbst übertroffen und seinem Vater zum Geburtstag einen Korb mit Kuchen und Torten überreicht. Papa hatte sie daheim auf dem Küchentisch ausgepackt, alle fünf Stück, und den Kopf geschüttelt: »Die linke Hand hat nicht gewusst, was die rechte tut. Ich begreife nicht, warum die guten Leute so etwas nicht ein bisschen besser planen.« Dann hatte er drei Kuchen zu den Kimballs gebracht und einen zu Mr. Scully und nur die Schokoladentorte behalten, weil Ned Schokolade am liebsten mochte. Und Ned war mitten in der Nacht aufgestanden und hinunter in die Küche gegangen und hatte so viel von der Schokoladentorte gefuttert, bis er beinahe nicht mehr stehen konnte. Am nächsten Morgen war er krank und konnte nicht in die Schule gehen.

Ned erinnerte sich noch genau daran, wie das gewesen war, als er in der dunklen Küche stand, wie er die feuchtmatschigen Tortenstücke in den Händen hielt, sich die Brocken in den Mund stopfte und die ganze Zeit wusste, dass er das eigentlich nicht tun sollte. Und doch hatte er weitergegessen und vor Begeisterung die Augen zugemacht. So gut hatte es geschmeckt.

Am Morgen, als er dann dalag und sich den Bauch hielt, hatte Papa einen Stuhl neben sein Bett gezogen, sich zu ihm gesetzt und mit besonders sanfter Stimme gesprochen. Mit dieser Stimme, mit der er immer sprach, wenn er Ned etwas klarmachen wollte. »Ich weiß, dass es gut geschmeckt hat. Aber wenn etwas gut schmeckt, so bedeutet das nicht, dass wir davon so viel nehmen dürfen, wie wir wollen«, hatte Papa gesagt.

Zuerst konnte Ned gar nicht begreifen, wieso sein Vater überhaupt dahinter gekommen war; später, als er wieder aufstehen konnte, hatte er dann die kläglichen Reste auf der Platte gesehen.

»Komm her, mein kleiner Vielfraß«, hatte seine Mutter gesagt. »Ich hab gehört, du hast über Nacht eine ganze Schokoladentorte auf wundersame Weise verschwinden lassen?«

Ned erinnerte sich, wie er das Gesicht in Mamas Schoß versteckt und versprochen hatte, er würde es ganz bestimmt *nie* wieder tun, und wie Mama ihm übers Haar gestrichen und geantwortet hatte: »Ja, das sagen wir immer.« Während Ned jetzt daran dachte, ging ihm auf, wie kindisch das alles gewesen war. Alle schlimmen Sachen, die er jemals getan hatte, waren kindisch im Vergleich zu dem, was er in der Nacht von Onkel Hilarys Besuch getan hatte.

Ned schaute sich im Hof um. Die Katze war weg. Ned

hoffte, er würde sie nie wieder sehen, und ging zurück in die Küche.

»Der Sturm kommt näher«, sagte Mr. Scully.

Ned betrachtete den faltigen alten Mund, die fleckigen Zähne und spürte den Geruch von welkem Laub und altem Holz, der immer um Mr. Scully hing. »Ich hab der Katze die Schüssel hingestellt«, sagte er.

»Die Jagd wird jetzt schwierig für sie«, meinte Mr. Scully. »Solange der Boden nicht gefroren ist, können diese Katzen ganz gut von Mäusen leben. Ich werd ihr jetzt immer was zu fressen hinstellen. Vielleicht kommt sie durch.«

Ned bezweifelte das. Er hatte die leere Augenhöhle gesehen, das angetrocknete Blut, den kleinen Wurm aus Schleim, der sich vom leeren Augenwinkel zur Nase zog.

Langsam ging Ned den langen Weg nach Hause hinauf. Im bleichen Sturmlicht glich das Haus dem Bild eines Schlosses in einem alten Buch. Ned konnte sich nicht erinnern, aus welchem Fenster das Gesicht an jenem Abend zu ihm heruntergeschaut hatte. Vielleicht war es doch kein Gesicht gewesen, überlegte Ned; vielleicht war es bloß der alte Strohhut, der auf dem Speicher an einem Nagel hing. Aber ein Hut kann sich nicht von selbst an ein Fenster legen. Es musste Mrs. Scallop gewesen sein. Und wenn sie ihn mit dem Gewehr in der Hand gesehen hatte, dann musste sie irgendwie auch wissen, was mit der Katze passiert war. Aber irgendwie sah ihr das nicht ähnlich ... ihm nicht zu sagen, dass sie es wusste. Ned fror plötzlich, so als ob Papa die Kellertür geöffnet hätte.

Er blieb einen Augenblick auf der Veranda stehen und schaute zum Fluss hinunter. Vögel, die in einer Reihe hintereinander herflogen, zogen einen schwarzen Strich über die dicker werdenden grauen Wolken. Seine Mutter wusste sicher, welche Vögel das waren; sie beobachtete sie sicher auch, oben an ihrem Erkerfenster. Plötzlich wünschte er sich nichts auf der Welt so dringend, wie mit ihr zusammen zu sein.

»Komm herein, Neddy«, flüsterte Mrs. Scallop hinter der Fliegendrahttür. »Ich hab dir deine Milch schön kalt gestellt. Wie geht es Mr. Scully? Letzte Woche hat er sehr schwach ausgesehen. Eines schönen Tages werden sie kommen und ihn fortbringen.«

Ned wollte nicht fragen, aber er tat es doch: »Wer kommt? Und wohin bringen sie Mr. Scully?«

»Ach, ja …«, seufzte Mrs. Scallop. Ned stieß die Fliegendrahttür auf und Mrs. Scallop wich langsam bis zum Eingang der Küche zurück. Er presste die Lippen zusammen; er würde kein zweites Mal fragen. Er hatte schon die Hand auf das Treppengeländer gelegt, da sagte Mrs. Scallop leise: »Ins Altersheim, natürlich. Dorthin kommen wir alle, wenn wir alt und nutzlos sind. Ja, Ned. Und deshalb bin ich so nachsichtig mit allen Leuten. Ich sag mir: Die Leute machen schon genug mit in diesem Leben. Warum sollte ich es ihnen noch schwerer machen? Ich bin einfach so: Ich hab eben ein weiches Herz und ich trag's immer vor mir her.«

Ned nahm zwei Stufen auf einmal.

»Mach nicht so viel Krach!«, donnerte Mrs. Scallop. »Denk an deine arme Mutter!«

Mama saß am Fenster und schaute über den Fluss. Überwältigende Sehnsucht packte Ned. Wenn sie doch bloß einfach aufstehen und ihm entgegenkommen und ihre Arme um ihn legen könnte! Er hatte sie schon gehen sehen, nicht nur in seiner Erinnerung und seinen Träumen, sondern an Papas Arm und auf einen Stock gestützt. Aber wie selten!

Sie wandte den Kopf nach ihm um und hob die Finger der linken Hand kaum vom Tischchen hoch, um ihm ein wenig zuzuwinken. »Ned!« Sie sprach seinen Namen so aus wie alle Worte und Namen, die ihr wichtig waren.

Ned trat zu ihr. »Mrs. Scallop hat gesagt, Mr. Scully wird bald ins Altersheim gebracht«, berichtete er. »Und sie hat gesagt, sie hat ein weiches Herz und trägt es immer vor sich her.«

»Mrs. Scallop weiß überhaupt nicht, was die Zukunft bringt«, sagte Mama und berührte Neds Handgelenk mit ihren warmen, verkrümmten Fingern. »Du musst dich vor Leuten hüten, die ihr Herz immer vor sich hertragen. Das ist nicht der richtige Platz für ein Herz, es wird rostig und abgewetzt und innen drin, wo es hingehört, bleibt bloß ein Loch.«

Ein Buch lag vor Mama auf dem Tablett. »Wovon handelt das?«, fragte Ned, plötzlich sehr müde. Er fühlte, wie seine Schultern sanken. Sogar seine Knie waren müde.

»Von beinahe allem und von vielen verschiedenen Menschen und ihrem Leben«, antwortete Mama. »Ich glaube, du hast einen anstrengenden Tag hinter dir, Ned. Machst du dir wegen irgendetwas Sorgen?«

Er machte sich sehr große Sorgen. Mutters Finger waren von seinem Handgelenk geglitten. Und wenn er ihr von der Katze erzählen würde? Er stellte sich vor, wie sie ihn dann anschauen würde: entsetzt!

Mr. Scully hatte gesagt, Katzen könnten von der Winterkälte entzündete Augen bekommen oder beim Streit mit
einer anderen Katze verletzt werden. Vielleicht kam sie
wieder, wenn er gerade bei Mr. Scully war, und er konnte
sie sich genauer anschauen. Vielleicht war das Auge doch
noch da und man sah es bloß nicht, weil das Augenlid verletzt war und herunterhing.

»Da kommt Papa«, sagte seine Mutter. Ned hörte, wie
das Auto den langen Hang hinaufschnaufte und um die
Hausecke bog, wo Papa meistens unter dem Holzapfelbaum parkte. Doch diesmal fuhr er weiter bis zum alten
Stall.

»Ich bin froh, dass er daheim ist«, sagte Neds Mutter.
»Ich glaube, es kommt ein schlimmer Sturm auf.«

Mrs. Scallop murmelte etwas unter der offenen Tür.

»Sprechen Sie ruhig lauter, Mrs. Scallop! Ich bin noch
nicht tot!«, sagte Mama scharf.

»Ach, ich habe nur gesagt, dass Neds Milch lauwarm
wird, und das mag er nicht.«

Mama schenkte ihm ein verschwörerisches Lächeln und
sagte leise: »Geh lieber hinunter und trink sie …«

Plötzlich fühlte Ned sich beinahe wieder wohl, er lief
schnell an Mrs. Scallop vorbei und die Treppe hinunter und
begegnete unten im Flur seinem Vater, der gerade zwei
große Tüten mit Lebensmitteln hereinschleppte.

»Hilf mir, Neddy«, rief er. Ned nahm ihm einen Beutel
Kartoffeln ab. »Lieber Himmel, ich hätte beinahe eine arme
Katze überfahren, unten an der Einfahrt! Ich glaube, wir
müssen uns auf einen tüchtigen Sturm einrichten.«

Es war schon fast so dunkel wie bei Nacht. Papa eilte in

die Küche. Er räumte die Einkäufe hastig weg, beinahe nervös. So machte er alles, was er nicht gerne tat. Zum Beispiel Ausfegen und Abendessenkochen. Dann überschlug er sich beinahe zwischen Küchentisch und Herd, bis er die Arbeit glücklich hinter sich hatte, fand Ned. In der Kirche war er ganz anders. Er bewegte sich feierlich und langsam, so würdevoll wie die Orgelmusik, die wie eine Fontäne aus den Orgelpfeifen aufstieg und sich von den schwankenden, unsicheren Stimmen im Chor nicht aus der Ruhe bringen ließ.

»Darf ich das Licht einschalten, Hochwürden?«, fragte Mrs. Scallop, die auch wieder in die Küche gekommen war.

Hier war es immer dämmerig bis auf eine kurze Weile am späten Nachmittag, wenn ein Sonnenstrahl durchs Küchenfenster hereinfiel und wie ein schmales Tuch aus Gold auf dem abgeschabten Wachstuch des Küchentischs lag.

»Natürlich, Mrs. Scallop«, antwortete Papa. »Da brauchen Sie mich doch nicht um Erlaubnis zu fragen.«

»Nun, ich bin eben immer rücksichtsvoll, Hochwürden«, sagte Mrs. Scallop. Und Ned dachte sich, dass er noch nie zuvor einer Person begegnet war, die sich immerzu selbst lobte, so wie Mrs. Scallop. Sie hielt ihm ein Glas Milch hin.

»War die Katze grau, Papa?«, fragte Ned.

»Das habe ich nicht gesehen, Ned. Wie war es in der Schule?«

»Ganz gut«, antwortete Ned. Er nahm das Glas Milch, sagte danke und wendete Mrs. Scallop den Rücken zu; er mochte es nicht, wenn sie ihm beim Essen zuschaute. Sie ging hinaus und Ned fühlte sich erleichtert wie jedes Mal, wenn sie aus seiner Nähe verschwand. Papa wusch sich die Hände am Küchenbecken, zog sich einen Stuhl mit hoher Sprossenlehne heran und setzte sich an den Tisch. »Gott sei Dank, dass wir den neuen Blitzableiter haben«, sagte er, mit einem Blick durchs Fenster auf die schwarzen Wolken am Himmel.

»Billy Gaskell hat einer Schlange die Giftzähne ausbrechen wollen«, berichtete Ned.

Papa machte eine Grimasse.

»Aber Janet Hoffman hat ihn daran gehindert. Sie hat ihn glatt umgerannt und auf den Rücken geschmissen.«

»Bist du sicher, dass er ihr wirklich die Giftzähne ausbrechen wollte? Ich glaube, hier gibt es überhaupt keine Giftschlangen.«

»Ich weiß es nicht, Papa. Jedenfalls wollte Billy der Schlange wehtun.«

»Wahrscheinlich weiß er nicht, dass eine Schlange auch Schmerzen spüren kann.«

»Doch, das weiß er!«, stieß Ned hervor. »Das weiß doch jeder!«

»Dieser Sturm wird die Luft reinigen. Danach wird es dann richtig Herbst, mit einem Hauch Frost …«, sagte Papa.

Ned lehnte sich an einen Stuhl; ihm war schläfrig zu Mute. »Und dann schlafen die Schlangen den ganzen Winter in ihren Felspalästen«, sagte er leise.

Sein Vater lächelte, griff über den Tisch nach seiner Hand und sagte: »Das gefällt mir, was du da gesagt hast, Ned.«

Einen Augenblick lang fühlte sich Ned gut, wie damals im Sommer am Teich, als das Wasser weder zu warm noch zu kalt war und er entdeckt hatte, dass er fast so schnell schwimmen konnte wie ein Wasserkäfer. Oder auch wie an dem Abend, als er nach dem Essen auf der Veranda gesessen und gelesen hatte, und auf einmal kam Papa und brachte ihm eine Schale mit Eis, das er aus frischen Pfirsichen und dicker Sahne selbst gemacht hatte. Papa hatte sich auf die Verandastufe gesetzt und Ned betrachtete sein Profil, so scharf und klar wie ein Profil auf einer Münze, die man mit einem Wolltuch zum Glänzen gebracht hatte. Nach der Hitze des Tages war die Dämmerung so sanft gewesen und der Duft der Pfirsiche hing in der Luft.

Doch dann schauderte es Ned.

»Aber man kann ein Tier auch aus Versehen verletzen, nicht?«

»Ja, leider, Ned. Ich fürchte, ich habe schon einen ganzen Stamm Beutelratten umgebracht. Sie werden von den Autoscheinwerfern geblendet. Ich sehe sie immer erst, wenn es schon zu spät ist.«

»Das ist ein Trost«, sagte Ned und Papa lachte, weil Ned ihn damit nachahmte. Er sagte oft: »Das ist ein Trost«, wenn bei Regen das Dach nicht schon wieder leckte oder wenn das Brunnenwasser gut schmeckte oder wenn er das Gefühl hatte, dass seine Sonntagspredigt gut geworden war.

Ned war nicht mehr so leichten Mutes, als er in sein Zimmer hinaufging, um seine Hausaufgaben zu machen. Ein Gedanke war ihm gekommen: Und wenn du auch nur *halb gewusst* hast, dass du auf ein lebendes Wesen schießt und ihm wehtust? Aber wie konnte man etwas bloß halb wissen?

Mrs. Scallop begegnete ihm auf der Treppe und flüsterte: »Heut Abend gibt es Lammkoteletts.«

73

Abends begann der Regen und fiel stundenlang gleichmäßig und stark; dann war flussaufwärts ein ferner Knall wie von einer Kanone zu hören. Inzwischen lag Ned längst im Bett und las von Robin Hood, der den Sheriff von Nottingham hereinlegte. Die Kanonenschläge kamen näher, der Dronner grollte lauter. Der Blitz schlug ein. Es musste sehr nahe gewesen sein und Ned dachte, es sei nun bald Zeit, um hinunterzugehen. So lange er sich überhaupt erinnern konnte, hatte Papa ihn immer geholt, wenn Stürme durch das Tal tobten, ganz gleich, wie spät es sein mochte. Wenn Ned das gewaltige Krachen der Blitzschläge hörte, wusste er, dass Papa im nächsten Moment den Kopf zur Tür hereinstrecken würde: »Schnell, Ned, komm herunter. Zieh dir einen Pullover über den Schlafanzug. Beeil dich!«

Ned wusste, das war eine Vorsichtsmaßnahme, falls der Blitz doch einmal einschlug und das alte Haus Feuer fing. Papa schien auch dem neuen Blitzableiter nicht ganz zu trauen. Ned hatte kaum zu Ende gedacht, da hörte er seinen Vater schon rufen: »Ned, komm herunter!«

Er lief hinaus in den Flur. In seinem »Arbeitszimmer« schlugen die Zweige des Ahornbaumes heftig gegen die Fensterscheiben. Papa trug Mama zur Treppe. Die Decke, in die er sie eingehüllt hatte, schleifte über den Boden, und Ned hob den Zipfel schnell hoch, damit Papa nicht darüber stolperte. Ein Blitz schleuderte blau-weißes Licht durch das Treppenfenster herein und einen Augenblick sah Ned sie alle drei in dem hohen Spiegel. Mamas langes Haar hing über Papas Arm herunter. Sie hielt sich mit ihren schmalen, verkrümmten Händen an seiner alten Hausjacke fest. Papas Augen waren dunkle, geheimnisvolle Flecken. Neds eigenes Gesicht war nur ein helles Oval, seine nackten Füße weiße Lichtflecken auf dem Fußboden. Dann wurde es wieder dunkel und sie waren alle drei aus dem Spiegel verschwunden.

Er hörte Mrs. Scallop die Hintertreppe hinunterstampfen. Mamas Rollstuhl stand schon neben der Haustür. Papa hatte die Petroleumlampe angezündet und auf den Tisch unter dem Gemälde vom Hudsontal gestellt. Es zeigte das Tal, wie es ganz früher einmal ausgesehen hatte, ehe all die Dörfer und Städte am Fluss entstanden waren. Sonnenschein und Ruhe füllten das Bild.

Mrs. Scallop erschien unter der Küchentür, schleifte einen Stuhl hinter sich her und verkündete: »Ich möchte nicht stören...«, und Papa antwortete: »Setzen Sie sich, wohin Sie mögen«, und zog die Decke über Mamas Knien zurecht. Der Wind wehte, der Donner rollte, Blitze beleuchteten den Himmel. Das Haus schien zu schlingern, die Veranda schien sich aufzurichten, als ob das Haus sich in ein großes Schiff verwandelt hätte, das von den Wellen umhergeschleudert wurde. Trotzdem fühlte Ned sich nie so sicher wie jetzt, wenn er bei solch einem Sturm mit seinen Eltern zusammensaß und zuhörte, wie Papa die Sekunden zwischen Blitz und Donner zählte und wie Mama sich an andere wilde Stürme erinnerte.

»Die armen Geschöpfe, die in so einer Nacht draußen sind«, sagte Mrs. Scallop. »Ich muss immer an sie denken... sie haben nicht so viel Glück wie wir, keine Zuflucht, kein Dach über dem Kopf.«

»Ganz recht, Mrs. Scallop«, sagte Papa geistesabwesend.

Aber Mama sagte: »Ich bin nicht Ihrer Meinung, Mrs.

Scallop. Ich stelle mir vor, wie großartig es sein kann, in solch einer Nacht draußen zu sein, mitten im Regen und Sturmgetöse, anstatt sich wie ängstliche Mäuse in einem stickigen Zimmer zu verkriechen.«

Mrs. Scallop antwortete nicht. Ned bemerkte, wie sie einen Blick auf seine Mutter warf und dann die Stoffreste anschaute, die sie im Schoß liegen hatte und zusammenflocht. Sie brauchte für diese Arbeit offenbar kein Licht.

Diesmal war Ned ausnahmsweise einmal auf ihrer Seite. Es war im Freien bestimmt nicht großartig, wenn man den Gleichgewichtssinn verloren hatte und nicht richtig sehen konnte.

Es war bestimmt nicht großartig, im Sturm draußen, wenn man eine einäugige Katze war, dachte Ned.

Die Katze

Der Sturm fegte den letzten Rest des Nachsommers hinweg. Eine Woche später war das Gras auf den Wiesen braun geworden und die Bäume standen kahl wie Knochen vor dem blauen Himmel. Eines Morgens war es so kalt, dass die Kinder ihren Atem vor dem Mund sahen, geisterhafter Dunst, der sich gleich wieder auflöste, und Evelyn schrie lachend: »Schaut mal, ich sehe meinen Atem!«

Janet tauchte aus ihrem Waldweg auf und berichtete, dass ihre Katze Junge bekommen habe. »Ihre Augen sind noch zu und sie sind so klein. So ein Kätzchen würde in meine Hand reinpassen, bloß darf man sie noch nicht hochheben und die Mutter lässt auch niemand an die Kleinen ran. Sie sind so süß!«

Billy stieß einen Schrei aus. »Katzen-Tatzen-Fratzen«, brüllte er, boxte mit der einen Hand gegen die andere und krümmte beide Zeigefinger wie beim Schießen. »Peng! Peng! Das mach ich mit jungen Katzen!«

»Eines hat einen schwarzen Fleck über dem Auge, wie ein kleiner Pirat«, erzählte Janet weiter. »Und so werd ich sie auch nennen: Pirat.«

»Du kannst eine Katze nicht Pirat nennen, höchstens einen Kater«, sagte Billy höhnisch. Janet achtete überhaupt nicht auf ihn.

»Weißt du, dass der Wald voll von wilden Katzen ist?«, fragte Ned.

»Das würde mich nicht wundern«, sagte Evelyn und zupfte zerstreut an einem Wollfaden in ihrem dicken, braunen Pullover.

»Du wirst ihn aufziehen«, warnte Janet.

Evelyns Schuhe waren schlammverkrustet, an ihrem Kleid hing der Saum herunter. Janet war immer ganz sauber und ordentlich und Evelyn sah meistens aus, als ob gleich alles an ihr auseinander fallen würde. Sie mochten einander sehr, das wusste Ned, und sie führten oft seltsame, träumerische Gespräche miteinander, die für andere irgendwie keinen Sinn ergaben. Ned hörte ihnen trotzdem immer gerne zu, aber seit der Nacht mit dem großen Sturm interessierte ihn nur noch ein Thema: Katzen.

»Hast du gesagt, es wundert dich nicht, weil du vielleicht eine gesehen hast?«, fragte er Evelyn.

»Sechs kleine Kätzchen, eines nach dem anderen«, sagte Janet. »Ich hab zugeschaut, wie sie geboren wurden.«

»Uuujiiii…«, machte Evelyn.

»Wenn ich eine wilde Katze seh, dann jag ich sie, bis ich sie erwisch«, schrie Billy. »Und dann nehm ich einen Stock oder einen Stein und dann – peng, peng!«

»Hast du eine Katze gesehen?«, wiederholte Ned.

»Ich glaub schon«, antwortete Evelyn und klaubte sich ein winziges Stückchen Eierschale aus dem Haar. »Jetzt schau dir das an! Wo kommt denn das her?«

»Die Katze«, erinnerte Ned sie. »Du wolltest mir von der Katze erzählen.«

»Neulich abends, als es dunkel wurde, hab ich etwas in

unserem Hof gesehen«, erzählte Evelyn. »Vielleicht war es hinter einem Huhn her. Ich hab nicht so genau aufgepasst. Bobby hat wie verrückt gebellt und ist bis ans Ende seiner Laufkette gerannt und mir kam es so vor, als ob ich eine Katze gesehen hätte. Aber vielleicht war es doch was anderes.«

»Buuuh!«, brüllte Billy und rannte an Janet vorbei. Sie drohte ihm mit der Faust und Billy kicherte, als ob er gekitzelt würde. Janet rannte hinter ihm her und Billy lachte laut. Manchmal hatten die Menschen eine sonderbare Art, einander zu zeigen, dass sie sich mochten, fand Ned.

Er wandte sich wieder an Evelyn, die neben ihm dahintrottete, und sah, wie ihr Atem in einem Wölkchen aufstieg und sich dann auflöste.

»Ich möchte wissen, wie sie dort leben können, diese Katzen.«

»Sie fangen Mäuse und so was«, antwortete Evelyn. »Sie sind gute Jäger.«

»Und wenn sie krank sind?«

»Ich hasse Gedichteschreiben!«, stieß Evelyn plötzlich hervor. »Hat Miss Jefferson euch das auch als Hausaufgabe gegeben?«

»Was passiert, wenn eine Katze von einem Ast getroffen wird?«

Evelyn boxte ihn in den Arm. »Hör auf von Katzen zu reden«, verlangte sie. »Du bist so schlimm wie Billy. Ich versteh nix von Katzen. Ich versteh bloß was von Hühnern.«

»War sie grau? Diese Katze, die du gesehen hast?«

»Ned, hör endlich auf!«, schrie Evelyn.

»Schon gut, schon gut…«

»Ich brauch dringend eine Idee für das Gedicht«, sagte Evelyn mit ihrer normalen Stimme.

»Schreib was über Kürbisse. Kürbisse gehören zum Herbst. Oder über Truthähne. Schreib was, wie alle Kinder in eurer Familie sich zusammentun und im Wald nach einem Truthahn jagen.«

»Du machst dich über mich lustig«, sagte Evelyn.

Sie hatten die Landstraße erreicht. Billy und Janet waren ein Stück voraus und bogen schon in den Schulhof ein. »Evelyn, sagst du's mir, wenn du diese Katze noch mal siehst? Ich glaube nämlich, ich kenn sie.«

»Vielleicht«, antwortete Evelyn und rannte davon. Ned blieb einen Augenblick alleine stehen. Er machte sich Sorgen über die Stunden, die vor ihm lagen, und darüber, wie er sich auf den Unterricht konzentrieren sollte. »Du musst dich konzentrieren«, sagte Miss Jefferson ihm immerzu. Ned wäre am liebsten wieder umgekehrt, den Fahrweg hinaufgegangen bis zum *Steinernen Haus*, hätte dort ein Fenster geöffnet und wäre hineingeklettert und dann in allen Zimmern herumgeschlendert. Er seufzte und überquerte langsam die Landstraße; da läutete die Schulglocke zum zweiten Mal und Ned fiel in Trab und rannte das letzte Stück.

»Können Vögel im Regen ertrinken?«, fragte Ned eines Tages Mr. Scully.

»Sicher nicht.«

Ned fand, dass das nicht sehr überzeugt klinge. »Und Waschbären? Können die ertrinken?«

»So was hab ich noch nie gehört«, antwortete Mr. Scully. »Vergiss nicht, dass das Wildtiere sind. Sie sind für ihr Leben geschaffen, auch wenn sie eines Tages sterben müssen, genau wie wir.«

»Und die verwilderten Katzen im Wald, über die wir uns neulich unterhalten haben?«

»Daran erinnere ich mich nicht mehr. Aber wenn du es sagst, dann müssen wir uns wohl darüber unterhalten haben. Mein Gedächtnis lässt nach, Ned. Heute Morgen habe ich hier vor meinem Herd gestanden und konnte mich nicht mehr darauf besinnen, wie man Feuer macht. Nach einer Weile ist es mir dann zum Glück doch wieder eingefallen, wie du siehst.«

Die Ritzen an der Herdtür leuchteten rot und die Platte glühte beinahe vor Hitze. Es war ein kräftiges Feuer, das schon den ganzen Tag gleichmäßig brannte. Im Winter blieb die Tür zum Wohnzimmer meistens geschlossen, um Brennholz zu sparen und die Wärme in der Küche zu halten. Aber es machte Mr. Scully nichts aus, in der Küche zu leben: Je älter er wurde, sagte er, desto weniger Platz brauche er.

»Früher hab ich einen Hund gehabt«, erzählte der alte Mann und rieb seine Hände. »Ich hab auch Katzen gehabt, aber Hunde waren mir schon lieber. Als Doris noch klein war, haben wir natürlich Hunde gehabt, aber keiner war so wie Malthus. Malthus war *mein* Hund und ich hab ihn geliebt. Damals war Doris schon längst erwachsen. Mit Malthus habe ich gelernt, wie schön es ist, ein Tier bloß zu beobachten, anstatt dauernd hinter ihm her zu sein und es zu streicheln. Malthus mochte Katzen; er hat gewedelt, wenn er eine sah. Mir hat das gefallen... so ein großer Bursche von einem Hund, und er freundet sich mit einem Geschöpf an, das ganz anders ist als er, und freut sich daran.«

»Wie Billy und Janet«, murmelte Ned.

»Ja, ja...«, sagte Mr. Scully. Er hatte gar nicht gehört, was Ned gesagt hatte; Ned wusste das und es machte ihm nichts aus. Es kam in der letzten Zeit ziemlich oft vor und Ned hatte daraus den Schluss gezogen, dass er und Mr. Scully sich eben verschiedene Geschichten erzählten, so wie zwei Leute, die auf zwei verschiedenen Wegen wanderten. Hin und wieder kreuzten sich ihre Wege.

Mr. Scully schenkte den Tee ein, gab ein paar Tropfen Rum aus der kleinen Flasche dazu und starrte dann brütend in seine Tasse. Ned vermutete, dass er an Doris dachte, die so weit weg lebte – am anderen Ende Amerikas. Heute war wieder einmal eine Ansichtskarte von den Kaskanebergen eingetroffen. Es war immer die gleiche, die Doris ihrem Vater immer schickte, wenn sie überhaupt schrieb.

»Ich hol lieber noch mehr Holz herein«, sagte Ned.

»Ich merk an der Zugluft, dass draußen ein kalter, kalter Wind geht«, antwortete Mr. Scully bekümmert. »Gut, Ned, hol noch mehr Holz.« Er schloss die Augen und lehnte sich im Schaukelstuhl und auf das verblasste Steppkissen zurück, das seine Frau vor vielen Jahren genäht hatte. Das wusste Ned, weil Mr. Scully es ihm erzählt hatte. Es war das erste und einzige Mal, dass er seine Frau erwähnte. Von Papa wusste er, dass sie gestorben war, als Doris noch ein junges Mädchen war, und dass sie eine sehr schweigsame Frau gewesen war.

Der Hof sah jetzt viel wüster aus als im Sommer, als alles grün war, als Gebüsch die verrosteten Werkzeuge bedeckte und wildes Geißblatt über das Schuppendach und das Klohauschen kletterte.

Die alte Steppdecke auf dem Eisschrank fühlte sich feucht an vom Regen. Die verklumpten Federn sahen aus wie Reste von Haferbrei. Ned trat unter den Schuppen, hörte ein Geräusch und schon huschte eine Katze an ihm vorbei zum Schuppen hinaus. Neds Herz hämmerte. Er machte kehrt. Die Katze war schon unten am Klohäuschen und schaute zurück zum Schuppen; es war die einäugige. Sie schüttelte ein paar Mal den Kopf, schnupperte und lief dann den Hügel hinab.

Im Schuppen stand eine halb volle Schale mit Brotrinden und Milch auf dem Boden. Ned musste die Katze beim Fressen gestört haben. Er packte sich einen Arm voll Holzscheite und ging zurück in die Küche.

»Haben Sie die graue Katze schon die ganze Zeit gefüttert?«, fragte Ned.

»Ja, immer wenn ich dran denke«, antwortete Mr. Scully. »Ned, siehst du meine Brille und die Zeitung irgendwo? Sobald ich etwas aus der Hand lege …«

Ned fand die Brille und die Zeitung auf einem Stuhl auf der anderen Seite des Küchentisches und legte beides auf Mr. Scullys Knie.

»Kommt die Katze oft her?«

»O ja, sie schläft auf dem Eisschrank. Sonst hätte ich die verlotterte alte Decke wirklich schon verbrannt. Vor ein paar Tagen habe ich sie ganz aus der Nähe gesehen. Sie sieht ein bisschen besser aus. Das Blut ist weg. Aber ich bin sicher, die Arme ist auch taub. Ich bin beinahe über sie gestolpert, weil sie mich nicht gehört hat. Dann ist sie davongelaufen. Immerhin weiß sie, dass sie hier Futter findet, und kommt deshalb her. Ich finde, das ist schon etwas.«

Ned schauderte es.

»Noch eine Tasse Tee, Ned? Du siehst ganz und gar verfroren aus. Früher habe ich den Winter so geliebt. Jetzt fürchte ich ihn. In diesem Leben bleibt nichts so, wie es einmal war.«

Auf dem Heimweg den Hügel hinauf blieb Ned ein paar Mal stehen und betrachtete die vielen neuen Schlaglöcher, die der große Regen in der Sturmnacht ausgewaschen hatte. Papa würde sich die Haare raufen. Die ganze Zufahrt war wieder einmal völlig hin und glich einem Bachbett, in dem überall wunderschöne Steine zum Vorschein kamen. Ned schaute hinauf zum Haus. Einen Augenblick lang kam es ihm so verschlossen vor. Das Auto stand an dem gewohnten Platz unter dem Holzapfelbaum. Es war schon schwierig, sich den Hügel im Sonnenschein vorzustellen, wenn Wiesen voll glänzend grünem Gras und bunten Wildblumen und der große Fliederstrauch vor der Veranda in voller Blüte standen. Auch der sommerliche Fluss sah so ganz anders aus als der dunkle Strom zwischen den kahlen Hängen mit den dunkelgrünen Flecken der immergrünen Bäume.

Ned schaute nicht hinauf zum Speicherfenster, so wie früher immer, wenn er den Weg heraufkam. Dann hatte er immer an all die Truhen und Kästen gedacht, in denen er noch nicht gekramt hatte, an all die ungelesenen alten Zeitschriften. Er mochte den Speicher, weil dort alles so unfertig aussah; er kannte die Stellen, an denen die Bodenbretter locker waren und man vorsichtig sein musste; er mochte die kleinen, verstaubten Fenster und die schmale Speicherstiege. Doch jetzt dachte Ned nicht mehr gern an den Speicher, weil dort oben das Gewehr lag. Wenn er einen Splitter im Fuß hatte, konnte er auch nur noch daran denken und vergaß, dass ihm sonst nirgendwo etwas wehtat. Jetzt steckte das Gewehr wie ein Splitter in seinen Gedanken.

Ned war erleichtert, dass Mr. Scully die Katze fütterte, aber er machte sich auch Sorgen, weil Mr. Scullys Gedächtnis nachließ. Er hatte auch noch nie darüber nachgedacht, wovon Katzen eigentlich lebten. Wenn sie sehr hungrig waren, fraßen sie vielleicht alles. Ned beschloss, daheim Essensreste zu sammeln und zu Mr. Scully mitzunehmen. Katzen fraßen Mäuse, also mochten sie bestimmt auch anderes Fleisch, und Mr. Scully hatte so gut wie nie Fleisch. Er lebte von Apfelkompott, Haferbrei, Gemüsesuppen und dunklem Brot, runde Laibe, die er jede zweite Woche selbst buk. Ned fand, sie schmeckten so, wie Heu duftete. Er könne nicht mehr so gut kauen, hatte Mr. Scully Ned gesagt. Und dann die Probleme mit dem Gedächtnis; beim letzten Mal hatte er vergessen die Hefe in den Teig zu tun, und das Brot war ungenießbar gewesen.

Früher, als Ned noch nicht bei Mr. Scully half, wusste er nicht, dass die Leute alt wurden. Natürlich wusste er, dass es alte und junge Leute gab und andere, die dazwischen waren. Aber er hatte nicht bemerkt, dass Menschen alt wurden, wie Bäume, dass sie vertrockneten und krumm und knorrig wurden. So wie der Apfelbaum am Stall, der auch durch Beschneiden nicht mehr gerettet werden konnte, wie Papa gesagt hatte.

Die Katze beschäftigte Neds Gedanken ständig, aber er musste auch oft über Mr. Scully nachdenken, vor allem am Abend, wenn das Leben daheim ihn wie eine warme Decke einhüllte. Mama saß in ihrem Rollstuhl und las ein Buch; Papa saß am Schreibtisch, in den Entwurf für seine Sonntagspredigt vertieft; sogar Mrs. Scallop, die an ihren ewigen Flickenteppichen webte, gehörte mit dazu. Dann dachte Ned an den alten David Scully, der jetzt in seinem kleinen, dunklen Haus die Petroleumlampe anzündete, obwohl Doris doch eine elektrische Leitung ins Haus hatte legen lassen.

Auf der Veranda, vor einer losen Wandschindel, an der sie vielleicht gehangen hatte, fand Ned eine große, hellbraune Insektenhülle, eine Heuschrecke. Sie fühlte sich an wie Seidenpapier. Ned trug sie vorsichtig auf der offenen Hand; er überlegte sich, ob er vielleicht eine Sammlung von vertrockneten Insekten anfangen sollte, Käfer waren leichter zu bekommen als ausländische Briefmarken, dann ging er ins Haus, zu Papa ins Arbeitszimmer.

»Wie geht es dir, Neddy?« Papa saß an der Schreibmaschine. »Hast du einen guten Tag gehabt in der Schule? Und wie geht es Mr. Scully?«

Mrs. Scallop segelte an der offenen Tür vorbei, die Nase in der Luft, als ob sie in einem Schwung über die Veranda, die Wiesen und das Kloster hinwegsegeln und dann in den Hudson stürzen wollte. Gleich darauf segelte sie schon wieder vorbei, diesmal auf dem Rückweg in die Küche. Das war ihre Methode, um Ned daran zu erinnern, dass sie mit seinem »Nachmittagsschmaus« auf ihn wartete; so nannte sie die Jause. Ein Blick genügte Ned, um zu merken, dass sie wieder einmal in herrschsüchtiger und finsterer Laune war. Er gewöhnte sich allmählich daran; er versuchte nicht mehr herauszufinden, was sie wütend gemacht hatte, es war ihm egal.

»Mr. Scully hat gesagt, es falle ihm schwer, sich an alles zu erinnern«, erzählte Ned seinem Vater und schaute dabei die Heuschrecke in seiner Hand an. »Er hat heute eine Ansichtskarte von Doris bekommen. Sie schickt immer das gleiche Bild.«

Ned trat neben den Schreibtischsessel. Sein Vater starrte auf den Bogen Papier in der Schreibmaschine und achtete nicht auf das, was Ned auf der Hand hielt, aber er legte den Arm um ihn und drückte ihn kurz an sich.

»Es ist schwer, alt zu werden und allein zu sein«, sagte Papa. »Und er gehört nicht einmal zu einer Kirchengemeinde. Das macht es noch schwieriger. Die Kirchengemeinden kümmern sich um ihre Leute.«

»Und was wird aus den anderen«, fragte Ned, »aus denen, die zu keiner Kirche gehören, wie Mr. Scully?«

»Mach dir keine Sorgen!«, sagte Papa gut gelaunt. »Wir kümmern uns auch um ihn. – Ich habe eine Überraschung für dich.« Er wandte den Kopf und schaute Ned an. »Onkel Hilary hat wegen der Pläne für die Weihnachtsferien geschrieben. Er möchte dich nach Charleston mitnehmen. Ich habe schon mit Mama darüber gesprochen und wir finden beide, das sei eine gute Idee.«

Ned hielt die Heuschrecke hoch und stellte fest, dass sie beinahe durchsichtig war.

»Was sagst *du* denn dazu, Ned?«

»Das ist nett«, antwortete Ned.

87

»Das klingt ja nicht gerade begeistert.«

»Darf ich zu Mama gehen?«

Sein Vater wandte sich wieder der Schreibmaschine zu. »Heute geht es ihr recht gut, Neddy«, sagte er und begann seine Notizen durchzuschauen. Es war typisch für Papa, ihn nicht zu drängen. Manchmal war Ned froh darüber.

Er ging leise durch den Flur und hoffte, dass er die Treppe hinaufgelangte, ehe Mrs. Scallop ihn hörte. Doch er hatte kaum den Fuß auf der untersten Stufe, da trat sie aus dem Winkel unter der Treppe und schaltete die Lampe neben dem Telefon an. Ihr rosiges Licht fiel auf Mrs. Scallops lange Schürze und ihre braunen Schuhspitzen.

»Nach der Schule braucht ein Junge etwas zu essen. Als Stärkung nach der ganzen Arbeit«, sagte sie.

Ned zuckte die Achseln und ging in die Küche, wo ein Teller mit Roggenkeksen und ein Glas Milch auf ihn warteten. Wenn er alles aufaß, würde sich Mrs. Scallops Laune vielleicht bessern. Inzwischen wusste Ned nämlich, dass es ihr Spaß machte, zuzuschauen, wie die Leute das aufaßen, was sie gekocht hatte. Er legte die Heuschrecke auf den Tisch. Plötzlich malte er sich aus, wie Mrs. Scallop sie alle drei – Mama, Papa und ihn – mit Essen voll stopfte, bis sie rund wie Luftballons waren und davonflogen. Er stellte sich vor, wie Mrs. Scallop sie an den Schnüren festhielt und sie herumtrug wie ein Bündel menschlicher Luftballons. Diese Vorstellung brachte ihn zum Grinsen und er warf schnell einen verstohlenen Blick auf sie. Mrs. Scallop betrachtete die Insektenhülle.

»Ist das nicht eine Heuschrecke?«, sagte sie und berührte sie vorsichtig.

Ned schüttete die Milch in sich hinein, so schnell er nur konnte.

»Ich nehme an, du weißt, wie Heuschreckenbabys geboren werden?«, fragte Mrs. Scallop mit herausfordernder Stimme. Heuschreckenbabys! Ned musste die Zähne zusammenbeißen, um nicht laut zu lachen.

»Es bringt die Mutter um, hast du das gewusst?«, fuhr sie fort. »Sie krabbeln heraus und die Mutter stirbt. So ist das bei Heuschrecken. Ein Baby zu kriegen kostet jede Mutter was. Deine Mutter ja auch.«

Ned schaute überrascht auf, den Mund voll Keks.

»O ja, mein Liebling…«, sagte sie mit gedämpfter Stimme. »Erst als du geboren warst, hat deine Mutter diesen schrecklichen Rheumatismus gekriegt.«

Ned schluckte und verschluckte sich und dann schrie er: »Das stimmt gar nicht! Ich kann mich erinnern, wie sie gehen und laufen konnte. Und es ist nicht Rheumatismus!«

Mrs. Scallop schaute triumphierend drein. »Manche Krankheiten brauchen eine Weile, bis sie rauskommen«, sagte sie. Dann öffnete sie ganz plötzlich die Kellertür neben dem Spülbecken und verschwand die Treppe hinab in der Dunkelheit, als ob sie da unten etwas zu erledigen hätte. Ned nahm die Heuschreckenhülle und legte sie auf die letzten Kekse. Dann lief er schnell die Treppe hinauf zu seiner Mutter.

»Ich freu mich so, dass du da bist«, sagte Mama und klappte ihr Buch zu. »Ist es nicht erstaunlich, wie früh es auf einmal dunkel wird? Es ist noch nicht einmal fünf Uhr und es sieht aus, als ob schon Nacht wäre.« Sie streckte die Hand aus und Ned beugte sich zu ihr, damit sie ihn auf die

Wange küssen konnte. Dann richtete er sich wieder auf und stand stumm da.

»Ned, was ist los?« Mama sah ihn prüfend an.

Er warf einen Blick über die Schulter. »Mrs. Scallop hat gesagt…«, begann er und zögerte. Mamas Aufmerksamkeit schien auf ihn herabzubrennen wie die Mittagssonne an einem Hochsommertag; er hätte sich gern irgendwo im kühlen Schatten versteckt. »Sie hat gesagt…«, fuhr er widerstrebend fort, »…wenn Heuschrecken geboren werden, dann muss die Heuschreckenmutter sterben. Sie hat gesagt, du bist krank geworden, weil ich geboren worden bin.«

Seine Mutter sah so traurig aus, dass Ned wünschte, er hätte die Worte niemals ausgesprochen. Er sehnte sich verzweifelt danach, ihr von dem Luftgewehr und von der grauen Katze zu erzählen, aber wie würde sie *dann* aussehen?

Ned wusste, dass Mama nicht durch seine Geburt krank geworden war. Mrs. Scallop hatte nur einen kleinen, nagenden Zweifel ausgelöst, mehr nicht. Und er wusste auch, was er gerade eben selbst getan hatte: Er hatte einen falschen Grund benutzt wie einen Vorhang, um dahinter den richtigen Grund zu verbergen, warum er seit einiger Zeit so unglücklich war.

»Wenn ich an Hexen glauben würde«, begann seine Mutter und schüttelte den Kopf. »Nein, sie ist keine Hexe, sie ist ein Hausdrachen, Ned. Papa sucht schon die ganze Zeit nach einer anderen Haushälterin, aber niemand will hier draußen leben, es ist so weit weg vom Ort, und ich kann das verstehen. Ich habe schon oft daran gedacht, dass es am besten wäre, wir würden nach Waterville ziehen, oder wenigstens ins Pfarrhaus. Aber Papa hängt so an diesem alten Haus. Ned, du weißt doch, dass das überhaupt nicht stimmt, was Mrs. Scallop gesagt hat? Nach deiner Geburt war ich nicht krank, im Gegenteil. Ich war so kräftig! Ich habe dich auf der Hüfte herumgetragen und bin mit dir die Treppe hinauf- und hinuntergerannt. Einmal bin ich mit dir auf einen Baum geklettert und wir haben wie zwei Vögel auf einem dicken Ast gesessen. Ich hätte über die Berge laufen können. Ich bin erst viel, viel später krank geworden. Das Leben bringt alle möglichen unerwarteten Dinge…«

»Ich hab's ihr sowieso nicht geglaubt«, sagte Ned. Noch näher wagte er sich nicht an die Wahrheit heran.

»Papa sucht wirklich nach einer Nachfolgerin für Mrs. Bärbeißig.«

Ned musste lachen. Mama lachte auch und glich in diesem Augenblick ihrem Bruder Hilary.

»Wenn du und Papa fort seid, dann kommt sie herauf und bleibt unter der Tür stehen und redet mich in Grund und Boden. Ich kann sie einfach nicht loswerden. Das Komische ist, sie weiß genau, was sie mir damit antut; sie weiß genau, dass ich sehr viel Ruhe brauche. Früher habe ich gedacht, nur freundliche, gütige Menschen könnten andere gut verstehen. Jetzt weiß ich, dass das nicht stimmt, und das habe ich bei Mrs. Scallop gelernt. Sie versteht es schon. Aber es ist ihr egal. Für sie scheint jeder so etwas wie ein Puzzle zu sein und mit der Zeit setzt sie sich das Puzzle zusammen.«

»Weiß sie, dass ihr jemand anderen sucht?«

»Papa versucht auch, eine andere Arbeit für sie zu finden. Wir wollen sie nicht einfach so entlassen.«

Ned überlegte einen Augenblick. »Aber wäre es nicht gemein, sie jemand anderem anzudrehen?«

Seine Mutter lachte. »Das haben wir nicht vor. Papa und ich glauben, dass sie sicher sehr gute Arbeit leisten würde, wenn sie ihr eigenes Gebiet hätte, in dem sie kommandieren dürfte.«

»Wie ein Häuptling«, sagte Ned.

»Genau«, sagte Mama. »Und jetzt hab ich noch eine erfreuliche Nachricht. Onkel Hilary hat geschrieben.«

Ned lächelte. Wenn Onkel Hilary an Mama schrieb, lag fast jedes Mal auch ein Brief für ihn dabei. Onkel Hilarys Briefe waren wie kleine Geschenke. Einmal handelte der ganze Brief von einer Katze, die Onkel Hilary und Mama gehabt hatten, als sie Kinder waren. Martha, also Mama, war ein paar Jahre älter als ihr Bruder; sie hatte die Katze »Tante Pauline« genannt, und weil Onkel Hilary damals noch so ein kleiner Bub war, hatte er lange geglaubt, die Katze wäre wirklich seine Tante.

Mama hob ihr Buch hoch und gab Ned den Brief, der auf blassgrünem Papier geschrieben war. Er lautete:

Mein lieber Neffe,
heute möchte ich dir etwas von der Freundschaft erzählen.
Als ich eine Zeit lang in Zürich lebte, bin ich einmal beim Bergsteigen gestürzt und habe mir das Schlüsselbein gebrochen. Zwei Tage später bekam ich außerdem noch eine Blinddarmentzündung. Als ich wieder aus dem Krankenhaus entlassen wurde, ist ein lieber alter Freund von mir zwanzig Meilen weit gefahren,

nur um mir an meinem ersten Tag daheim in meiner Wohnung ein Mittagessen zu kochen: zwei Kartoffeln. Es ist nicht so einfach, wie du vielleicht glaubst, Kartoffeln gut zu kochen. Sie dürfen nicht wässerig werden, sie müssen trocken und mehlig sein. Ich lag also im Bett und war glücklich, dass ich den Ärzten entkommen war, und mein Freund hat die Kartoffeln in einem tiefen Suppenteller zu Kartoffelbrei zerquetscht, hat Butterflöckchen darauf verteilt und ein bisschen Salz und Pfeffer darüber gestreut. Es war das beste Essen, das ich seit langer, langer Zeit bekommen hatte. Und mein Freund, der Maler ist, hatte seinen ganzen Vormittag dafür hergegeben, um nach Zürich zu fahren und mir die erste Mahlzeit nach dem Krankenhaus zu kochen. Das ist Freundschaft. Andererseits solltest du nicht vergessen, dass du auch Freunde haben kannst, die überhaupt nichts für dich oder sonst jemanden tun. Du hast sie einfach gern, weil sie sind, wie sie sind. Das ist ihr *Geschenk. Ich hoffe, wir sehen uns in Charleston.*

Viele Grüße,
Onkel Hilary

Ned gab den Brief seiner Mutter und sie lächelte, während sie ihn las. Es war dieses besondere Lächeln, das sie nur für ihren Bruder hatte. Ned wünschte, er hätte auch eine Schwester oder einen Bruder, jemand, dem er anvertrauen konnte, dass er Weihnachten nicht mit Onkel Hilary verreisen wollte; jemand, mit dem er von der grauen Katze und von Mr. Scullys Vergesslichkeit sprechen konnte.

Die richtige Winterkälte hatte noch nicht begonnen. Aber was sollte im Dezember werden, wenn wahrscheinlich tiefer Schnee lag? Dann musste die Katze verhungern.

Ned hatte sich immer über Onkel Hilarys Besuche gefreut. Sie waren immer schöne Überraschungen gewesen, so wie der Schnee, der über Nacht plötzlich gefallen war. Aber jetzt mochte er weder an Onkel Hilary noch an Schnee denken.

Wenn es ihm gelang, die Katze am Leben zu erhalten, dann war die Sache mit dem Luftgewehr auch nicht mehr so schlimm, aber wenn die Katze verschwand und Ned nicht wusste, ob sie noch lebte, dann würde sie schlimmer als alles andere.

»Wir werden dich Weihnachten vermissen, Ned«, sagte Mama. »Aber wenn ich daran denke, wie viel Spaß du haben wirst, dann macht das nichts.«

Ned ging zum Fenster, damit er nicht antworten musste. Er hatte vorhin nicht gewusst, was er Papa zu Onkel Hilarys Einladung sagen sollte, und jetzt bei Mama wusste er es auch nicht. Es war grässlich, dass er erst so genau überlegen musste, ehe er seinen Eltern antworten konnte. Es erinnerte ihn ein wenig an einen Schultag im letzten Frühling, als er nach vorn gerufen worden war, um das Gedicht aufzusagen, das er als Hausaufgabe hätte lernen sollen. Er hatte es aber nicht gelernt und dann stand er da, stumm, und spürte, wie er rot wurde. Die anderen Kinder fingen an zu kichern und Miss Jefferson war enttäuscht von ihm.

»Vielleicht muss Onkel Hilary wieder nach Frankreich«, platzte Ned plötzlich heraus und wandte sich wieder zu Mama um. »Vor Weihnachten, meine ich«, fügte er hinzu und schaute sie nicht an.

»Ach, keine Angst, so etwas passiert bestimmt nicht«,

sagte Mama. »Ich bin sicher, Onkel Hilary lässt sich nirgendwohin schicken, wenn er keine Lust dazu hat.« Ned war elend zu Mute. Er spürte, dass Mama auf Antwort wartete. »Ich muss noch zehn Rechenaufgaben machen«, sagte er und ging schnell aus Mamas Zimmer. Noch eine Lüge! Und obendrein eine, die so echt klang!

Am Abend dachte Ned, er würde heute bestimmt nicht einschlafen vor lauter Sorgen wegen der Weihnachtsferien mit Onkel Hilary. Er lauschte dem Seufzen des Windes, der die Wolken vom Himmel gefegt hatte, sodass er die Sterne glitzern sehen konnte. Ned nahm sich vor, hinunterzugehen und sämtliche Zeitungen in Papas Arbeitszimmer zu lesen, aber ehe er sich dazu aufraffen konnte, war er dann doch eingeschlafen.

Beim Aufwachen am Morgen dachte er als Erstes an die Katze. Frierend zog er sich in aller Eile an. Es war ein kalter Morgen. Ned wäre am liebsten wieder ins warme Bett gekrochen, in das Nest seiner eigenen Wärme. Er wünschte, er könnte den Kopf unter dem Kissen verstecken und den ganzen Tag schlafen.

»Sei dankbar für dein Glück«, sagte Mrs. Scallop sehr von oben herab, als Ned sein Frühstück aß. »Heute Morgen geht es dir besser, als du verdienst. Du hast eine tote Heuschrecke auf einem Keks liegen lassen und mich damit erschreckt. Ich hätte sie dir in den Haferbrei rühren können, aber ich hab's nicht getan.«

Ned ließ seinen Löffel fallen und rannte aus der Küche. Er hörte noch, wie Mrs. Scallop dem Küchentisch erklärte, dass Ned ein Pfarrerssohn sei und die seien immer die Schlimmsten. Papa rief ihm Auf Wiedersehn zu, aber Ned antwortete nicht. Er riss seinen Mantel vom Haken, schnappte sich seine Schulbücher und floh aus dem Haus.

Unten an der Zufahrt blieb er stehen und schaute zu Mr. Scullys Haus hinüber. Die Vorhänge an den Fenstern waren noch zugezogen; aus dem Schornstein stieg kein Rauch. Ned stellte sich vor, wie kalt es im Haus sein musste. Er stellte sich vor, wie der kleine, alte Mann unter den dünnen Decken im Bett lag. Ned ging um das Haus herum zur Küchentür. Nichts rührte sich. Zwei Krähen flogen vorüber, schwarze Striche vor dem blassen Morgenhimmel. Die Katze war nirgends zu sehen.

Ned ging den Fahrweg hinunter und wünschte, er hätte Janet getroffen. Vielleicht könnte er mit ihr über diese seltsame Sache sprechen, die ihm passiert war: Er hatte angefangen sich vor Tieren zu fürchten, sogar vor Tieren, die irgendwo weit weg in einem anderen Erdteil lebten.

Letzte Woche, auf dem Heimweg von der Schule, war plötzlich ein rotbrauner Hund zwischen den Bäumen aufgetaucht; er war laut bellend schnurstracks auf Ned zugesprungen. Ned hatte sich auf den Boden geworfen und das Gesicht in den Händen versteckt, bis Billy sie ihm wegzog und furchtbar lachte, weil der Hund neben ihm lag, seinen Mantelärmel ableckte, mit dem Schwanz wedelte und bloß spielen wollte.

Ned hatte auch all die alten *National-Geographic*-Hefte durchgeschaut. Dafür brauchte er nicht in den Speicher hineinzugehen; sie lagen oben an der Treppe aufgestapelt. Ned saß auf der obersten Stufe, angelte sich ein Heft nach dem anderen und gruselte sich vor den Bildern von südamerikanischen Anakondas und anderen Riesenschlangen, vor indischen Jagdgeparden und sogar vor kleinen Geschöpfen, zum Beispiel vor Eichhörnchen. Er hatte Papa auch gefragt, ob es in der alten Mauer aus Feldsteinen, die die große Wiese auf der Ostseite einfasste, Giftschlangen gebe.

»Oben in den Bergen gibt es welche«, hatte Papa etwas geistesabwesend gesagt. »Ich glaube aber nicht, dass sie bis hier herunterkommen. Nun ja, vielleicht hin und wieder einmal eine Mokassinschlange.«

Hin und wieder eine Mokassinschlange! Ned war entsetzt. Jetzt sah er Janet aus ihrem Waldpfad in den Fahrweg einbiegen und er rief: »Warte auf mich! Warte auf mich!« Janet blieb stehen, ohne sich umzuwenden.

Als Ned sie eingeholt hatte, fragte er: »Hör mal, was hältst du vom Bärenberg? Glaubst du, dass es da wirklich Bären gibt?«

»Da wird jetzt eine Forststraße gebaut, bis rauf auf den Gipfel«, antwortete Janet. »Wenn die Menschen kommen, gehen die Tiere fort.«

»Ja, aber wohin gehen sie?«

»Darüber hab ich noch nie nachgedacht«, sagte Janet.

»Hast du Angst vor Bären?« Ned zwang sich zu dieser Frage.

»Wenn mir einer auf die Zehen steigen würde, dann schon. Aber ich hab keine Angst vor einem Bären, der hundert Meilen weit weg ist.«

Ned hatte Janet eigentlich erzählen wollen, dass er schon bei dem bloßen Gedanken an einen Bären Angst bekam, aber nun schwieg er. Er sagte sich, dass es doch besser sei, wenn er manche Sachen für sich behielte.

Mr. Scully stand neben der Pumpe und schaute zum Küchenfenster hinaus. Die graue Katze kauerte unter dem Schuppen und fraß aus ihrer Schüssel.

»Sie sieht schon ein bisschen besser aus, nicht mehr so mager«, sagte Mr. Scully. »Ich glaube, das Futter, das ich ihr gebe, schmeckt ihr.«

»Und wo bleiben die wilden Katzen, wenn es nachts friert?«, fragte Ned.

»Sie haben sicher alle möglichen trockenen Winkel zum Schlafen, in einem hohlen Baum oder in einem dichten immergrünen Gestrüpp oder irgendwo in einer alten Scheune. Weißt du, diese Geschöpfe, die sich allein durchbringen müssen, werden recht geschickt darin und auch zäh«, sagte Mr. Scully.

»Ich würde gern wissen, wo sie geboren worden ist«, sagte Ned.

»Vielleicht war ihre Mutter auch schon eine wilde Katze. Aber sie scheint nicht ganz so scheu zu sein wie eine wild geborene Katze. Nein, ich glaube eher, sie stammt von einer Hauskatze ab und ist vielleicht davongelaufen oder ausgesetzt worden. Manche Leute machen so was, weißt du.«

Plötzlich beugte Mr. Scully sich vor. »Ned, schau dir das an! Sie spielt!«

Die Katze machte einen kleinen Sprung und schlug nach einem Blatt, das vom Ahornbaum heruntertrudelte.

»Es geht ihr besser«, sagte Mr. Scully.

Ned reckte sich über das Ablaufbrett und hielt das Gesicht dicht an die Fensterscheibe. Die graue Katze hüpfte und drehte sich um sich selbst und schlug mit der Vorderpfote zu und Ned wurde leicht und hoffnungsvoll zu Mute. Er fühlte sich von einem niederdrückenden Gewicht befreit. Doch dann sah er die leere linke Augenhöhle, die vom Augenlid nur halb verborgen wurde. Er sah auch, wie die Katze noch immer hin und wieder den Kopf schüttelte, als ob etwas in ihr Ohr gekrabbelt wäre, das sie loswerden wollte.

Mr. Scully hatte sich an den Tisch gesetzt. »Sie schläft jetzt immer auf der alten Steppdecke«, sagte er. Draußen setzte die Katze sich ebenfalls hin und begann ihren dünnen Schwanz zu putzen. Ned setzte sich zu Mr. Scully und der alte Mann fuhr fort: »Sie mag die Decke und betrachtet sie offenbar als ihr Daheim. Weißt du, wenn man so alt wird wie ich, dann ändert sich so manches… man wacht morgens früh auf, und wenn ich da am Fenster stehe und mir Wasser für den Tee pumpe, kann ich kaum erkennen, ob sie da ist… Es ist alles grau und verwischt, die Katze, die Decke, der Herbstmorgen. Dann hebt sie den Kopf hoch, legt ihn auf die Seite und starrt das Küchenfenster an. Sie schaut nach, ob ich schon auf bin. Sie kennt allmählich meine Gewohnheiten. Auch Tiere lernen uns mit der Zeit kennen, genau wie wir sie, Ned. Und dann reckt und streckt sie sich und schaut sich um und gähnt. Sie springt vom Eisschrank herunter, macht einen Buckel, läuft einen Augenblick herum und verschwindet. Nach ungefähr zehn Minuten, wenn ich schon meinen Tee trinke, taucht sie wieder auf und wartet auf ihr Frühstück. Ich zieh mir den Pullover an und trag ihr die Schüssel mit Milch und Brot raus. Ich stell sie immer an den gleichen Platz. Daran ist sie jetzt schon gewöhnt. Sie ist längst nicht mehr so scheu wie am Anfang. Sie kommt jeden Tag ein kleines bisschen näher an mich ran.

Aber sie geht erst an ihre Schüssel und frisst, wenn ich wieder im Haus bin und sie mich mit ihrem einen Auge hier hinter dem Küchenfenster erspäht hat. Es macht mir Spaß, wie sie sich hinterher immer wäscht. Sie schleckt eine Vorderpfote ab und wischt sich damit genau über die leere Augenhöhle; das scheint ihr gar nicht wehzutun, sonst würd sie's ja nicht machen. Wenn sie sich von oben bis unten geputzt hat, stolziert sie davon, bereit für den Tag und die Tagesarbeit.«

Mr. Scullys lebhafte Stimme überraschte Ned. Er hatte gedacht, der alte Mann interessiere sich eigentlich nur noch für die Vergangenheit und dafür, ob wohl endlich ein Brief von Doris kommen würde.

»Es ist seltsam, dass ein Tier so allein sein kann und doch zurechtkommt«, sagte Mr. Scully nachdenklich.

An diesem Nachmittag stießen sie beim Aufräumen auf Schachteln voll Knöpfe, die noch von Mr. Scullys Mutter stammten. »Stell dir bloß mal vor, wie alt die schon sind«, bemerkte Mr. Scully und in seiner Stimme lag noch etwas von der Lebhaftigkeit, mit der er von der Katze gesprochen hatte. Wie der Nachhall eines Echos. »Und wie seltsam es ist, dass die Hände, die sie gedrechselt haben, schon längst verschwunden sind von dieser Erde. Es sind hübsche Knöpfe, nicht? Schau mal, echtes Perlmutt… und der ist aus Hirschhorn… und der aus Silber. Es steckt so viel Phantasie und Geschicklichkeit darin, es wär eine Schande, sie einfach wegzuwerfen. Ich werd sie Mrs. Kimball geben, die kann sie sicher noch gebrauchen.« Er gab Ned einen leichten Schubs gegen den Arm und lachte. »Dann hat sie mehr Knöpfe als Kleider. Hast du gewusst, dass Mrs. Kimball früher Krankenschwester war? Das ist sicher praktisch, bei den vielen Kindern …«

»Evelyn ist sehr nett«, sagte Ned.

»Ich kann sie nicht auseinander halten«, sagte Mr. Scully und sah plötzlich missmutig aus. »Meine Frau hat Kinder nicht gemocht. Sie war sehr heikel.«

»Was bedeutet das … heikel sein?«, fragte Ned.

»Es bedeutet: Es gibt nicht viel, was du magst«, sagte Mr. Scully brummig.

Es war Zeit zu gehen, dachte Ned. Die Zeitung lag griffbereit neben dem Schaukelstuhl, die Küche war ausgefegt und reichlich Brennholz neben dem Herd aufgestapelt. Sie hatten heute einen großen Karton aussortiert. Es waren nur noch ein paar Kartons übrig, aber Mr. Scully hatte gesagt, in einem alten Haus gebe es immer irgendetwas aufzuräumen.

»Ich werd jetzt gehen«, sagte Ned.

»Ja, und vielen Dank, Ned.« Mr. Scully schaute ihn freundlich an. Er lächelte nicht, aber in seinen Augen lag Wärme.

»Wo wird die Katze hingehen, wenn es Schnee gibt?«, fragte Ned noch.

»Vielleicht kannst du den Eisschrank noch ein bisschen weiter in den Schuppen reinschieben, damit er besser vor Wind und Schnee geschützt ist«, antwortete Mr. Scully. »Dann hat die Katze ein Winternest.« Er warf einen Blick aus dem Fenster und murmelte: »Wenn ich noch hier bin …«

»Wohin gehen Sie?« Neds Stimme bebte ein wenig.

»Ich habe nicht vor, irgendwohin zu gehen«, sagte Mr.

Scully scharf. »Aber das hängt nicht mehr von meinem Willen ab. Hier, schau mal gut hin …« Er hielt seine magere, knochige Hand hoch und versuchte dann, sie langsam zu einer Faust zu ballen, aber es gelang ihm nicht. »Ich weiß nicht, wie lange ich mir noch selbst Tee oder etwas zu essen machen kann.«

Das beunruhigte Ned sehr und er wusste nicht, was er dazu sagen sollte. Er murmelte, er wolle sofort versuchen, den Eisschrank tiefer in den Schuppen zu schieben. Mr. Scully nickte geistesabwesend.

Auf dem Heimweg dachte Ned über Mr. Scullys Hand nach, die sich nicht mehr schließen ließ, und über die Hände seiner Mutter, die so oft wie zu einer Faust verkrümmt waren und sich dann nicht mehr strecken ließen. Er bückte sich, klaubte einige Steine vom Weg auf und schleuderte sie rechts und links in die Wiese. Er hoffte, dass Papa nicht gerade zum Fenster herausschaute und es sah. Es war schon schlimm genug, über Hände nachzudenken, die nicht so kräftig und gesund wie seine waren, aber dazu kamen noch die Sorgen wegen des Monatsberichts aus der Schule, den Ned heute mit heimbrachte. Darin stand, Ned sei im Unterricht sehr unaufmerksam gewesen. Er werde zwar nicht durchfallen, sei aber sehr uninteressiert. Papa würde ernst dreinschauen und ihn mit seiner Friedhofsstimme daran erinnern, dass die Schule sozusagen Neds Arbeit war und er sich Mühe geben sollte, seine Arbeit gut zu machen.

Der Spätnachmittag war kalt. Am Sonntag würde es auch in der Kirche kalt sein. Während der Sonntagsschule würde die Tür zum Heizungskeller offen stehen. Nach den

Bibelgeschichten schnitten die kleineren Kinder dann mit stumpfen Scheren Truthähne aus orangefarbenem Papier und knabberten dabei Kekse und Bonbons aus geröstetem Mais. Ned fand, alle Feiertage seien irgendwie orangefarben getönt; nur zu Weihnachten gehörte Grün und Rot.

Im Spätherbst hatte Pfarrer Wallis ganz besonders viel zu tun. Am Erntedankfest Ende November gab es nicht nur einen besonderen Gottesdienst, es musste auch dafür gesorgt werden, dass alle armen Familien im Tal einen Korb voll Lebensmittel bekamen. Außerdem fand in diesem Jahr noch ein besonderes Fest statt; vor fünfundsiebzig Jahren war die Kirche gebaut worden, und die Schulkinder sollten ein Theaterstück darüber aufführen, was seither an wichtigen Ereignissen geschehen war. Ned war einer von den Zimmerleuten, die im ersten Bild den kleinen alten Betsaal aus Holz abreißen mussten.

Und dann würde Weihnachten immer näher kommen, die Kirche jeden Abend hell erleuchtet. Alle möglichen Gruppen würden sich versammeln, Handarbeiten machen, die Geschenke für die Kinder in buntes Papier einpacken; der Chor würde Weihnachtslieder üben und von der großen Tanne, die in der Ecke unter der Empore auf ihre Kerzen wartete, würde die ganze Kirche wie ein Wald duften.

Die Frauen aus der Gemeinde brachten der Pfarrersfamilie sonst immer Geschenke für das Essen am Erntedankfest. Ned freute sich, wenn sie mit einem Korb voll von guten Sachen auf dem Rücksitz heimfuhren, den Korb dann in die Küche trugen und alles auspackten. Das war beinahe so wie Weihnachtsgeschenke auspacken. Papa briet den Truthahn immer selbst, und wenn der Braten fertig war, trug er zuerst Mamas Rollstuhl und dann Mama selbst die Treppe hinunter. Dann aßen sie an dem runden Eichentisch unter der Lampe mit dem Kamel.

Ned stellte sich vor, wie in diesem Jahr Mrs. Scallop in der Küche herumwirtschaften würde. Sie würde rot glänzen wie eine glühende Kohle, riesige Kuchen und Aufläufe machen, Kartoffeln stampfen, den Truthahn füllen und jedem, der in ihre Nähe kam, erzählen, was für eine großartige Köchin sie sei.

Ob Hausdrachen wissen, dass sie Drachen sind?, fragte sich Ned. Merken die Leute, wenn sie prahlen? Er ging die Verandastufen hinauf. Durch das Fenster sah er seinen Vater am Schreibtisch sitzen. Heute freute er sich bloß halb, dass Papa daheim war.

Ned ging in Papas Arbeitszimmer und sagte sofort: »Hier ist mein Monatsbericht.«

Papa nahm ihm das Papier lächelnd aus der Hand und schaute so lange darauf, dass es Ned wie ein ganzer Tag und eine Nacht vorkam.

»Ned, ich glaube, du hast dir nicht viel Mühe gegeben«, sagte er endlich mit ernster Stimme. »Die Noten selbst sind nicht so wichtig. Das Wichtigste ist, dass man wirklich sein Bestes leistet, Neddy. Das hier ist doch nicht dein Bestes, oder?«

Ned schüttelte den Kopf. Sein Vater schraubte seinen Füllfederhalter auf und unterschrieb den Monatsbericht. In zwei Minuten war alles vorbei. In einer Woche würde er es vergessen haben. In zehn Jahren …

»Ned?« Sein Vater schaute zu ihm auf. »Wolltest du noch

etwas sagen?« Ned antwortete nicht und sein Vater seufzte. »Ich weiß nicht, ob ich dich mit Onkel Hilary auf Reisen gehen lassen kann, wenn du deiner Arbeit gegenüber so gleichgültig bist«, sagte er und schaute dabei vor sich auf den Schreibtisch.

Hoffnung rührte sich in Neds Herz. Aber das konnte er Papa schließlich nicht sagen. »Ich werd mir nächsten Monat mehr Mühe geben«, sagte er und überlegte gleichzeitig, ob er es wohl schaffen würde, so schlechte Noten heimzubringen, dass Papa ihn tatsächlich nicht mit Onkel Hilary nach Charleston fahren ließ. Papa lächelte jetzt. »So ist's recht«, sagte er.

Ned war sehr unzufrieden mit sich. Ein Hausdrachen wusste vielleicht nicht, dass er ein Drachen war, aber ein Lügner wusste, wann er gelogen hatte. Ned wusste es.

Es stellte sich heraus, dass der Truthahn am Erntedankfest doch ohne Mrs. Scallop auf den Tisch kam. Sie ließ sich freigeben und verbrachte den Feiertag mit einem Vetter ihres verstorbenen Mannes. Die Kimballs luden Mr. Scully zum Essen ein und Papa und Ned kochten allein. Die Frauen aus der Gemeinde hatten drei Pasteten geschickt; eine mit Minzfüllung, eine mit Kürbis und eine mit süßen Kartoffeln. Als der Tisch gedeckt war, meinte Ned, es sei genug zu essen da, um sämtliche Kimballs eine Woche lang zu ernähren.

Mama trug ihr fliederfarbenes Seidenkleid und sogar einen Amethystring, denn heute waren ihre Fingergelenke kaum geschwollen. Papa sprach das Tischgebet und fügte einen besonderen Dank hinzu, dafür dass Mama sich heute wohl genug fühlte, um mit ihnen beiden zu essen. Nach dem Gebet schaute Papa Mama über den Tisch hinweg lange an und sein Gesicht wirkte auf einmal wieder so jung wie früher, wenn er vor dem Schlafengehen mit Ned spielte. Damals lachte er lauter als Ned, wenn Ned ihn beim Versteckspielen entdeckt hatte.

Draußen gab es kaum noch Farben, außer dem Schwarz der Baumstämme, aber der Tisch war ein Fest aus Farben und Licht: das weiß-blaue Feiertagsgeschirr, das gute Essen und über allem der Schein der Lampe, auf deren buntem Glasschirm die wilden Tiere ihren Festzug hielten.

Wir drei zusammen, dachte Ned, und plötzlich, ohne jeden Grund, sah er die graue Katze vor sich, nicht wohlgenährt und glatt und schön wie die Tiere auf dem Lampenschirm, sondern mager, struppig und verletzt.

Seine Mutter sagte eben, sie sei ganz besonders dankbar dafür, dass Mrs. Scallop heute einen anderen Haushalt heimsuche, und Papa lachte und erinnerte sie wie jedes Mal daran, dass auch Mrs. Scallop ihre guten Seiten habe. Mama antwortete, sie sollten wirklich ernsthaft daran denken, ins Pfarrhaus zu ziehen. Ned sah, wie Papa ein Gesicht schnitt.

»Es würde uns das Leben so erleichtern, Jim«, sagte Mama. »Und wenn dir das Pfarrhaus wirklich so zuwider ist, dann könnten wir uns in Waterville ein Haus suchen. Stell dir das nur einmal vor: keine Mrs. Scallop mehr, kein undichtes Dach, keine Zufahrt, die jeder Regen ausschwemmt. Du müsstest keine Bäume mehr stutzen, keinen Bauern mehr bezahlen, damit er die Wiesen mäht und das Heu mitnimmt. Wir wären Meilen näher bei der Kirche und du bräuchtest dir keine Sorgen mehr um mich zu machen, weil ich allein und ohne Nachbarn hier sitze.«

Papa starrte in seine Tasse und rührte den Kaffee langsam und gründlich um. Ned wusste, dass Papa Kaffee lieber mochte als das meiste Essen. Wenn er seine Predigten vorbereitete, trank er immerzu Kaffee.

»Aber du liebst dieses Haus doch auch«, sagte er und schaute Mama wieder an. »Was würdest du anfangen ohne deine Aussicht auf den Strom? Was würde Ned anfangen ohne die Ahornäste zum Schaukeln, ohne die Wiesen zum Herumlaufen, ohne die Tannen zum Hinaufklettern?«

»Ich denke vor allem an all die Sorgen, die du los wärst, wenn wir wegziehen würden«, sagte Mama.

»Ich würde den Fliederbusch vermissen«, murmelte Papa. »Wenn ich mir vorstelle, wie mein Vater den Hudson hinaufgesegelt ist und dabei diesen Hügel entdeckt hat … Wenn ich mir vorstelle, dass fremde Leute hier in unserem Wohnzimmer sitzen …«

»Natürlich wäre das nicht erfreulich«, sagte Mama. »Aber wir sollten es uns trotzdem ernsthaft überlegen. Ned, was meinst du dazu, wenn wir umziehen würden?«

»Du hast dein ganzes Leben hier verbracht«, sagte Papa zu ihm.

»Was wird dann aus Mr. Scully?«, fragte Ned. »Wer bringt ihm dann die Zeitung rauf? Und hackt ihm Feuerholz?« Und in Gedanken fügte er noch hinzu: »Und wer kümmert sich um die graue Katze?«

»Es würde noch eine gute Weile dauern, bis wir wirklich umziehen könnten«, sagte Mama. »Aber wir müssen anfangen, ernsthaft daran zu denken. Sobald Papa eine andere Stelle für Mrs. Scallop gefunden hat und …«

107

»Ned, warum legst du denn all die Truthahnknochen und die Knorpel und die Haut auf deinen Teller?«, unterbrach Papa. »Hier ist der Teller für den Abfall…«

Ned fuhr zusammen und spürte, wie er rot wurde.

»Es sind bloß Reste«, sagte er und stotterte ein wenig dabei. »Es ist…« Er brach ab. Zwei Herzschläge lang und beinahe hätte er seinen Eltern alles erzählt. Ihre Gesichter wirkten so sanft in dem gelben Licht. Sie schauten ihn so liebevoll an.

»Es ist für Evelyn Kimballs Hund, für Bobby. Ich hab mir gedacht … die Kimballs haben nicht viel, er kriegt auch immer bloß die Reste … da hab ich mir gedacht, dass er die Knochen abnagen kann…«

Ned verstummte. Seine Eltern lächelten ihn an. Vielleicht lobte Papa ihn jetzt noch für seine Güte. Papa redete oft von Güte und Nächstenliebe, als ob das Personen wären, die er sehr gern hatte.

Ned spürte, wie sich sein Magen zusammenzog; dieses Gefühl hatte er, wenn er zum Zahnarzt musste.

Er würde nur ein paar Minuten brauchen, um das Gewehr vom Speicher zu holen. Mit dem Gewehr hatte alles Übel angefangen. Doch jetzt schien das Gewehr schon nicht mehr wichtig zu sein. Wichtig war, dass er irgendwie weggezogen war, nicht in das alte Pfarrhaus neben der Kirche und auch nicht nach Waterville, sondern tausende Meilen weg von daheim. Wichtig war, dass er ein seltsames, neues Leben führte, von dem seine Eltern nichts wussten und das er weiter vor ihnen verbergen musste. Jede Lüge, die er ihnen erzählte, machte das Geheimnis nur noch größer und das brachte immer noch mehr Lügen hervor. Ned wusste nicht, wie er jemals damit aufhören sollte.

Er stand hastig vom Tisch auf und nahm ein paar Schüsseln, um sie in die Küche zu tragen. Er schämte sich, weil er auf ihren Gesichtern erkannte, dass Mama und Papa stolz auf ihn waren.

Sieben Leben

Ned liebte den Schnee und das Knirschen unter seinen Schritten – ein Laut, als ob Kerzen ausgeblasen würden. Er mochte das Gefühl, wenn er aus der Kälte draußen in die Wärme des Hauses kam und einen Augenblick im Flur auf dem Gitter stehen blieb, durch das nach Staub und Eisen riechende warme Luft heraufwehte. Und dann lief er wieder hinaus, schaufelte frierend ein paar Hände voll Schnee auf und drückte ihn mit nassen Fäustlingen zu einem harten Schneeball zusammen, den er dann so weit schleuderte, wie er nur konnte. Er mochte das Sausen der Schlittenkufen, wenn er den Wiesenhang hinunterfuhr, der so glatt war und so glitzerte wie ein einziger großer Diamant.

Am ersten Dezember gab es den ersten starken Schneefall. Als Ned am nächsten Morgen aus dem Fenster schaute, wand sich der Fluss wie eine glänzende Schlange aus Licht und Silber zwischen den schneebedeckten Hügeln dahin.

Er frühstückte hastig und nahm sich nicht einmal die Zeit, die kleine Geschichte auf der Packung mit den Haferflocken zu lesen. Mrs. Scallop war an diesem Morgen mit sich selbst beschäftigt und ließ ihn in Ruhe; ihr Blick ging über Ned hinweg wie über die Küchenstühle.

Auf der Veranda holte er ein paar Mal tief Luft; so muss-

110

te das Wasser aus der Mitte des Ozeans schmecken, stellte er sich vor. Dann watete Ned in den Schnee, der das Auto und die Äste des Holzapfelbaumes dick eingepackt hatte, und stapfte den langen Hügel hinunter, auf dem die Zufahrt unter all dem Schnee auch nicht mehr zu sehen war. Bis Ned unten bei Mr. Scullys Haus ankam, hatte er nasse Füße, obwohl er Gummigaloschen über den ledernen Schnürstiefeln trug. Die Vorhänge waren noch geschlossen; das Haus sah aus, als ob es auch frieren würde.

Ned stapfte um das Haus herum in den Hof. Stiefelspuren führten von der Küchentür zum Schuppen und wieder zurück. Sicher hatte Mr. Scully die Futterschüssel hereingeholt; bei diesem Wetter konnte man nichts draußen stehen lassen, es würde gefrieren. Mr. Scully hatte ihm erklärt, dass die Tiere im Winter Schwierigkeiten hatten, Trinkwasser zu finden. Wenn sie Schnee oder Eis leckten, konnten sie krank werden.

Ned schaute angestrengt in den offenen Schuppen. Er hoffte, dass die Katze irgendwo zwischen dem Holz ein enges Plätzchen gefunden hatte, in dem ihr eigener Atem sie warm hielt. Er würde zu spät in die Schule kommen, wenn er jetzt nicht endlich weiterging. Trotzdem blieb Ned stehen und schaute sich im Hof um, als ob er die Katze aus dem Schnee und dem grauen Himmel herbeizaubern könne. Sein Blick glitt auch über den Eisschrank, aber erst beim dritten Mal erkannte er, dass da nicht nur die alte Steppdecke lag. Auch die Katze lag reglos dort.

Ned hielt einen Moment den Atem an, dann stieg er in Mr. Scullys Spuren zum Schuppen hinüber. Die Spuren waren gefroren und knirschten unter Neds Gewicht, aber die Katze hob nicht den Kopf. Ned blieb ein paar Schritte vor ihr stehen, dann fiel ihm ein, dass die Katze auf einem Ohr taub war. Er hätte viel näher als je zuvor herangehen können, doch Ned stellte sich plötzlich vor, wie die Katze vor Schreck und Angst schier in die Luft flog, wenn sie ihn dann doch hörte.

Ned ging und stapfte in seinen alten Spuren wieder um das Haus herum. Dann sah er die frischen Fußspuren auf der Landstraße. Es mussten Billys Spuren sein. Irgendwie schien es seltsam, dass Billy schnaufend an Mr. Scullys Haus vorbeigestapft war und dabei seine eigenen Gedanken dachte, während er, Ned, bloß ein paar Schritte weiter im Hof nach der Katze suchte. Er fand auch noch Evelyns Spuren und dann Janets; das waren die kleinsten von allen dreien. Ned war ganz gespenstisch zu Mute, als ob er allein auf einem weißen, stummen Globus zurückgelassen worden wäre.

Irgendwo im Wald rutschte Schnee wie eine kleine La-wine von Tannenzweigen; Ned hörte einen lauten Klatsch und dann das schwächere Geräusch der Äste, die von dem Gewicht befreit in die Höhe schnellten. Ned dachte an die Katze, sah sie vor sich in der Decke liegen. Warum war er nicht näher herangegangen, hatte sie genau angeschaut und ihr Fell berührt? Warum hatte die Katze so reglos da-gelegen, so still wie der tote Maulwurf, den er im Sommer beim Brunnen im Gras gefunden hatte? Ned erreichte die Landstraße, die heute genauso weiß war wie alles rundum. Nur wenige Autos hatten ihre Reifenfurchen hinterlassen. Am liebsten hätte er kehrtgemacht und zum ersten Mal im Leben die Schule geschwänzt. Mr. Scully hatte schlechte

Augen; vielleicht sah er die Katze nicht und stellte ihr deshalb auch kein Futter hin. Unglücklich und frierend, mit Füßen steif vor Kälte, lief Ned weiter zur Schule.

Er gab sich wirklich große Mühe, im Unterricht gut aufzupassen, aber es gelang ihm nicht. Er sah immer nur die reglose Katze in der alten Steppdecke vor sich. Letzte Woche, an einem regnerischen Nachmittag, hatte die Katze Ned richtig angeschaut, hatte den Kopf auf die Seite gelegt und ihr einziges Auge zusammengekniffen, als ob sie ihn dann besser sehen könnte.

Ned hörte auch nicht, was Miss Jefferson erzählte. Die Katze lenkte ihn von allem ab, was um ihn herum vorging, und das machte die Schulstunden so schwierig. Ned war erleichtert, wenn er die Katze in Mr. Scullys Hof sah; aber die übrige Zeit machte er sich immerzu Sorgen um sie.

Am Nachmittag, auf dem Heimweg von der Schule, geriet Ned in eine Rauferei mit Billy.

Janet stolperte über eine verborgene Wurzel, als sie in ihren Waldpfad einbog. Sie fiel hin und ließ ihre Schulbücher fallen. Ned hob die Bücher auf, wischte den Schnee ab und gab sie ihr, als sie sich wieder aufgerappelt hatte.

»Muttersöhnchen!«, schrie Billy. »Muttersöhnchen!«

Ned packte plötzlich der Zorn. Er holte aus und warf Billy mit einem einzigen Schlag und einem triumphierenden Freudenschrei in den Schnee. Janet blieb vor Verblüffung der Mund offen stehen.

Es war Spätnachmittag und viel kälter als am Morgen und der Schnee war härter geworden. Ned und Billy wälzten sich darauf herum und grapschten sich gegenseitig nach den Ohren und ins Gesicht.

»Hört auf!«, schrie Evelyn.

»Ihr seid grässlich, ihr Jungen! Ich hasse euch!«, schrie Janet.

Ned und Billy kamen wieder auf die Beine. Billy hatte noch immer seine Strickmütze auf und Ned fand sie auf einmal einfach unerträglich lächerlich. Sie ragte von Billys dickem, rundem Kopf auf. Plötzlich steckte Billy ihm die Zunge heraus. Ned musste lachen und Billy lachte mit. Evelyn warf ihnen beiden einen vernichtenden Blick zu und stapfte weiter, aber Janet blieb stehen, schaute verwundert drein und fragte Billy, ob es ihm *Spaß* mache, hingeschmissen zu werden. Billy grinste sie bloß an.

Zum ersten Mal seit langer Zeit fühlte Ned sich wieder wie er selbst; so kam ihm das jedenfalls vor. Er und Billy gingen den ganzen Weg bis zu Mr. Scullys Haus zusammen, unterhielten sich freundschaftlich über Eishockey und darüber, dass der Teich bei der Schule sicher bald fest zugefroren war. Die größeren Jungen würden sie in diesem Winter vielleicht auch am Rand Schlittschuh laufen lassen, wenn sie, Ned und Billy, ihnen nicht beim Hockey in die Quere kämen. Ned erinnerte sich an den letzten Winter, wie die großen Jungen ihre Hockeyschläger quer vor sich hielten, wie ihre Schlittschuhe blitzten, wenn sie über das milchig weiße Eis rasten, und wie sie ihn und Billy angebrüllt hatten, aus dem Weg zu gehen; sie hatten ausgesehen wie Krieger.

Bei Mr. Scullys Haus trennten sie sich; Billy ging weiter und Ned schlenderte zum Briefkasten. Heute war keine Zeitung da; der Schnee hatte den Zeitungsjungen sicher aufgehalten. Es lag nur ein handgeschriebener Zettel im

Kasten; darauf stand, dass die neue Autowerkstatt und Tankstelle unten an der Landstraße bald eröffnet werde. Mr. Scullys alter Ford lag praktisch unter dem Schnee begraben. Im Winter und auch sonst, wenn das Wetter schlecht war und Mr. Scully Angst hatte, dass der alte Wagen auf dem schlammigen Fahrweg hängen blieb, brachte Neds Vater immer die Einkäufe für ihn mit.

Ned fror am Kinn; er hielt den Fäustling darauf und freute sich schon auf eine Tasse heißen Tee, während er den Hang hinaufstieg. Am Klohäuschen hielt er sich an den Schindeln fest, um sich über ein vereistes Stück Weg zu ziehen. Er warf einen Blick in den Schuppen. Die Katze lag noch immer genauso wie heute Morgen in der Steppdecke auf dem Eisschrank. Ned stöhnte laut. Er sah zum Haus hinüber. Mr. Scully stand hinter dem Küchenfenster und schaute heraus.

Stolpernd und rutschend rannte Ned zur Hintertür. Mr. Scully brauchte eine Ewigkeit, bis er sie endlich von innen geöffnet hatte.

»Ist sie tot? Ist die Katze tot?«, schrie Ned.

»Komm rein, schnell! Lass keine Kälte rein.«

Ned lehnte sich an den Küchentisch und ließ Mr. Scully nicht aus den Augen. Der Schnee schmolz von seinen Galoschen und hinterließ eine kleine Pfütze auf dem Boden.

»Zieh dein nasses Zeug aus, Ned«, sagte der alte Mann ruhig. »Nein, sie ist noch nicht tot. Gestern Nachmittag, gleich nachdem du heimgegangen warst, hat sie sich aufgesetzt und herumgedreht und sich dann wieder hingelegt. Es sah so aus, als ob alles in Ordnung wäre mit ihr. Aber als ich ihr das Futter für den Abend gebracht habe, hat sie überhaupt nicht darauf geachtet, so wie sonst. Dann hat es angefangen zu schneien und ich wusste nicht, was ich tun sollte. Du kannst so ein verwildertes Tier nicht einfach aufheben, in einen Korb legen und ins Haus tragen. Es kann einen auch verletzen, wenn es sich wehrt. Und ich hab mir auch gedacht, wenn ich das versuche, kriegt sie vielleicht solch einen Schreck, dass sie mit der letzten Kraft davonläuft … Sie ist so ein scheues Ding. Ich hab immer wieder mal nach ihr geschaut. Sie hat sich überhaupt nicht gerührt, nicht einmal, als ich ganz vorsichtig dieses Stück Schaffell über sie gelegt habe. Zum Schluss bin ich schlafen gegangen. Ich hab dir schon erzählt, wie schlecht ich schlafe, Ned. Alte Leute schlafen nicht wie junge Leute, sie wachen leicht auf. Vielleicht bin ich aufgewacht, weil's nicht mehr geschneit hat. Jedenfalls hab ich mir gedacht, jetzt mach ich mir eine Tasse Tee und bin mit meiner Kerze hinuntergegangen. – Zieh deinen Mantel aus, Ned, und häng ihn über einen Stuhl vor dem Herd. – Das ist eins von den wenigen angenehmen Dingen am Altsein: Du brauchst bei Kleinigkeiten nicht mehr so streng mit dir selbst zu sein, du kannst dich ein bisschen verwöhnen. Als ich noch jung war, wäre ich nicht im Traum darauf gekommen, mir mitten in der Nacht einfach eine Tasse Tee zu machen.«

Ned konnte dazu nichts sagen und auch nicht einmal lächeln oder den Kopf schütteln.

»Beruhige dich, Ned«, sagte Mr. Scully. »Die Katze ist krank. Das erklär ich dir ja gerade. Ja, und es hat nicht mehr geschneit; der Himmel war klar und ich hab mich warm angezogen und bin wieder hinaus zu ihr. Im ersten Moment hab ich gedacht, jetzt ist sie wirklich tot, aber dann habe ich doch gespürt, wie sie geatmet hat, ganz schwach. Ich hab sogar die Hand an ihren Hals gelegt und sie hat einen Ton von sich gegeben... das arme Ding. Es war aber kein Schnurren, eher ein Ton von einem Stück Glas, das über einen Stein kratzt. Ich glaube, ihr Hals ist auch nicht in Ordnung. Ich hab ihr das Schüsselchen mit Futter vor die Nase gehalten, aber sie wollte nichts. Sie hat hineingeschaut, mit ihrem einen Auge, und hat den Kopf gleich wieder sinken lassen. Ich hab's wieder mit reingenommen, es wäre ja sonst eingefroren. Seit heute Morgen war ich schon ein paar Mal bei ihr, aber sie schaut das Futter nicht einmal mehr an.«

»Muss sie sterben, weil das mit ihrem Auge passiert ist?«, fragte Ned mit erstickter Stimme.

»Das glaub ich nicht. Die Farmer streuen Rattengift in den Scheunen aus; vielleicht hat sie was Vergiftetes gefressen. Es kann ihr alles Mögliche passiert sein. Hast du da einen Brief mitgebracht?«

Ned gab ihm den Zettel. Der alte Mann stieß einen brummigen Laut hervor, knüllte den Zettel zusammen und warf ihn gleich in den Herd. Ned zog seinen Mantel wieder an und verließ die Küche. Mr. Scully sagte kein Wort, um ihn zurückzuhalten.

In der kurzen Zeit, in der Ned im Haus gewesen war, schien sich der Tag draußen verändert zu haben. Er war nun voller Stille, wie nachts. Und er erinnerte Ned an Nächte, in denen er mit Halsschmerzen aufgewacht war oder mit Bauchweh, weil er zu viel Süßes gegessen hatte, und wie er dann in diese Stille hinausgelauscht hatte.

Ned ging zum Schuppen und stampfte bei jedem Schritt

fest auf den Schnee. Die Katze rührte sich nicht. Ned kam immer näher. Dann stand er vor dem Eisschrank, streckte die Hand über dem Kopf der Katze aus, der ein wenig unter dem Schaffell hervorschaute. Je näher er ihr kam, desto deutlicher spürte er, dass das Tier noch lebte, wenn auch nur noch gerade so. Ein Atemhauch lag zwischen Tod und Leben; es kam Ned vor, als könnte er das mit seinen Fingern fühlen.

»Du hast es auch gespürt, nicht?«, fragte Mr. Scully, als Ned wieder in die Küche kam. »Es ist sonderbar, aber man kann es wirklich fühlen …«

»Ja, aber sie wird erfrieren«, sagte Ned.

»Wenn es nicht kälter wird als jetzt, schafft sie es vielleicht. Ich wollte sie ja von Anfang an ins Haus hereinlassen, aber sie wollte nicht. Ich hab ihr die Tür weit aufgehalten und hab sie gerufen, aber sie ist immer weggelaufen.«

Es war mutig vom alten Mr. Scully, der Katze Schutz im Haus anzubieten, dachte Ned.

»Nun ja, ich hab mir gedacht, es wird bald Winter, und es geht ihr nicht gut«, sagte Mr. Scully, als ob Ned laut gedacht hätte. »Aber dann hat sie sich ja ganz gut erholt. Und seit dem Tag, an dem wir gesehen haben, wie sie sogar gespielt hat, da war ich ziemlich sicher, dass sie es schafft und durch den Winter kommt. Hier ist dein Tee, Ned. Komm, wir setzen uns an den Herd. Und dann wäre es nett, wenn du den letzten Karton vom Speicher holen würdest. Es muss noch einer oben sein, denn im Wohnzimmer steht er nicht. Wenn wir den auch noch aussortiert haben, ist alles in Ordnung – so weit ich noch Ordnung machen kann.«

Ned trank seinen Tee, der ihn aufwärmte und tröstete und ihn für ein paar Minuten von dem grauen Häuflein Pelz und Elend im Schuppen ablenkte. Dann stieg er die kleine Leiter hinauf und durch die Luke auf den dämmerigen Dachboden, wo außer Spinnweben und losen Fußbodenbrettern voller rostiger Nägel nur noch eine verschlissene Reisetasche aus brüchigem Leder lag.

Ned trug sie hinunter auf den Küchentisch und Mr. Scully schnallte bedächtig den Riemen auf.

»Schau dir das an«, sagte er erstaunt. Der Beutel steckte voller Kinderkleidung. Ein schwärzlicher Löffel mit umgebogenem Griff fiel auf den Tisch. Mr. Scully rieb mit dem Finger darüber und ein heller Fleck kam zum Vorschein. »Doris' Babylöffel… Silber«, sagte er leise. Ein Paar hohe Knopfstiefelchen, die früher einmal weiß gewesen waren, hatten jetzt die Farbe von geronnener Milch. Mr. Scully hielt ein geblümtes Baumwollkleid hoch, wie es vor fünfzig Jahren modern gewesen war. »Das war mal ihr Sonntagskleid… als sie fünf oder sechs Jahre alt war… Ja, ja, und jetzt ist sie draußen im Westen.« Er schaute Ned einen Moment lang an und schüttelte dann den Kopf, als ob er zu irgendetwas Nein sagen würde. »Wirf alles auf den Abfallhaufen neben dem Schuppen. Es ist nicht mehr zu gebrauchen.«

Ned spülte die Teetassen und holte noch einmal Holz herein. Er zog seinen Mantel an und war schon bei der Tür, da sagte Mr. Scully: »Ned, vorhin, als du auf dem Speicher warst, habe ich zum Schuppen hinausgeschaut. Ich bin ziemlich sicher, dass die Katze den Kopf gehoben hat.«

Ned machte sich auf den Heimweg. Die Dunkelheit fiel

schon herab; Ned war müde und fror und die Angst um die Katze drückte ihn nieder. Dann sah er die hellen Fenster daheim. Er dachte an die Stimmen seiner Eltern und an das Echo ihrer Stimmen, das noch in den Zimmern und Fluren nachzuschwingen schien, wenn sie beide still waren, Papa an seinem Schreibtisch und Mama mit einem Buch in ihrem Rollstuhl.

Von draußen warf Ned einen Blick durch das Wohnzimmerfenster, sah den Rücken des Bronzelöwen vor der Weidenkätzchentapete, die noch von seiner Großmutter stammte, und die Stehlampe mit dem Pergamentschirm, unter der Papa immer seine Zeitung las. Das Wohnzimmer war leer. Es kam ihm vor, als seien Jahre vergangen, seit er heute Morgen zur Schule gegangen war. Er lief schnell um das Haus herum, die Verandastufen hinauf, riss die Haustür auf und stürzte ins Vorzimmer.

Papas Mantel hing an der Garderobe, der Saum fiel über die beiden Regenschirme im Ständer, die niemand je benutzte. Auf dem Tisch, auf dem Papa beim Heimkommen seine Aktenmappe ablegte – und manchmal auch eine Schachtel Schokolade, die er in Waterville gekauft hatte –, lag ein Brief für Ned. Es war das erste Mal, dass Onkel Hilary einen Bief *direkt* an ihn adressierte. Ned öffnete ihn und las:

Lieber Ned,
auf unserem Weg nach Süden werden wir vielleicht auch noch eine Insel besuchen, auf der kleine wilde Ponys in einem Wald leben. Ich habe erst vor kurzem von dieser Insel erfahren. Es muss ein Fährboot geben, das Post und Lebensmittel hinbringt und

uns sicher auch mitnimmt. Vergiss nicht, ein paar Bücher einzu-
packen. Ich rufe aus New York an, sobald ich alle Vorbereitungen
getroffen habe. Es tut mir Leid, dass du nur zehn Tage Ferien hast
und nicht ein ganzes Jahr. Aber ein ganzes Jahr Ferien hat man
ja leider nur, solange man noch nicht fünf ist.

Überrascht wurde Ned sich bewusst, dass in ein paar
Wochen Weihnachten war. Noch im Mantel stand er da und
fragte sich, was ihn nur vor dieser Reise retten konnte, die
er jetzt beinahe genauso fürchtete wie Ferien, die er allein
mit Mrs. Scallop verbringen müsste. Da erschien sie auch
schon und kam auf ihn zu. Sie hatte den Finger auf die Lippen gelegt. Da er nur sehr selten mehr als Guten Tag zu ihr
sagte, begriff er nicht, warum er still sein sollte.

»Du musst ganz still sein«, sagte sie mit durchdringen-
dem, lautem Flüstern. »Deine Mutter ist sehr krank.«

Ned riss den Mantel herunter, warf ihn über einen
Haken und wollte schon die Treppe hinauf, da hörte er von
oben einen bebenden Seufzer, der beinahe wie ein Wort
klang, und hielt verängstigt inne. Zögernd schaute er sich
nach Mrs. Scallop um. Sie nickte vor sich hin, als ob sie zu-
frieden wäre.

Da nahm Ned zwei Stufen auf einmal, rannte schnell
hinauf, weil er am liebsten überhaupt nicht hinaufgegangen wäre. Oben sah er durch die offene Tür, wie sein Vater
über Mamas Bett gebeugt stand. Er schaute auf, sah Ned,
warf noch einen Blick auf Mama, kam dann schnell aus
dem Zimmer und zog die Tür hinter sich zu.

»Es geht Mama sehr schlecht«, sagte Papa leise. »Die
Schmerzen haben nachgelassen, aber sie ist ganz schwach

davon. Es ist besser, du gehst jetzt nicht zu ihr, Neddy. Geh du schon zum Abendessen. Ich bleibe bei Mama sitzen, bis sie eingeschlafen ist.«

Ned aß in der Küche, gut bewacht von Mrs. Scallop. Sie hatte Schokoladenpudding gemacht. Das war sonst beinahe seine Lieblingsnachspeise, aber heute freute ihn der Pudding nicht, weil er immer an seine Mutter und an die Katze denken musste. Natürlich sah Mrs. Scallop sofort, dass er nur in seinem Pudding herumrührte, und sie sagte: »Mrs. Scallop ist berühmt für ihren Schokoladenpudding, aber Neddy ist so undankbar für eine solche Köstlichkeit, dass er in diesem wundervollen Pudding herumstochert!«

»Was geht Sie das an, ob ich esse oder nicht? Das kann Ihnen doch egal sein!«, schrie Ned sie plötzlich an.

Er war über sich selbst überrascht; er hatte noch nie zuvor einer erwachsenen Person Widerworte gegeben und erst recht keine angeschrien. Mrs. Scallop starrte ihn an, die dünne Unterlippe hatte sie vorgeschoben wie ein schmollendes Kind. »Wie kannst du nur so mit mir reden?«, sagte sie mit einem winzigen Stimmchen, als ob ihr Hals auf Stecknadelgröße zusammengeschrumpft wäre. Zu Neds Bestürzung erschien eine dicke Träne in ihrem rechten Auge und trotz seiner Verlegenheit dachte er sich: eine Träne... Wie kann man bloß mit einem Auge weinen und bloß eine einzige Träne?

Er sprang so hastig auf, dass er seinen Stuhl umwarf; er hob ihn auf und murmelte eine Entschuldigung. Mrs. Scallop stand noch immer da und die eine Träne rollte langsam ihre breite Wange hinunter. Ned sagte, er müsse sofort hinaufgehen und seine Hausaufgaben machen; er habe heute Abend auch keinen Hunger, aber vielen Dank für den Pudding. Er hielt die Stuhllehne so fest gepackt, dass er das Holz quietschen hörte.

»Es ist mir aber nicht egal, ob du etwas isst oder nicht«, sagte Mrs. Scallop mit ihrer Kinderstimme.

»Das weiß ich, Mrs. Scallop«, sagte Ned und merkte, dass das genauso geklungen hatte wie bei Papa. Irgendwie, aber jedenfalls recht unbeholfen, schaffte er es dann, aus der Küche zu verschwinden.

Mamas Tür war angelehnt und ein Lichtschein fiel heraus. Ned lugte hinein. Sein Vater war im Sessel neben dem Bett eingeschlafen. Ned schob den Kopf ein wenig weiter hinein und sah Mama. Ihr Gesicht war beinahe so weiß wie das Kissen. Sie wandte den Kopf ein wenig und lächelte schwach, als sie Ned sah. Dann legte sie den Finger auf die Lippen wie Mrs. Scallop und zeigte auf Papa. Ned gab sich Mühe, auch zu lächeln, und ging dann leise in sein Zimmer.

Was für ein Tag! Das Beste daran war noch, wie Billy und er zuerst miteinander gerauft und sich dann wieder vertragen hatten. Ned war beinahe glücklich, als er die Tür hinter sich schloss, das Licht anknipste und seine Bücher auf dem Regal sah. Er setzte sich in den kleinen Korbsessel am Fenster. Er war aus Binsen geflochten, Onkel Hilary hatte ihn vor Jahren von den Philippinen mitgebracht und Ned passte kaum noch hinein. Er betrachtete die Lichter, die drüben über dem Fluss aufblitzten, und war froh, von den Schmerzen und den Verrücktheiten der Erwachsenen weg zu sein.

Ned saß lange dort, und als er dann endlich zu Bett ging, konnte er nicht einschlafen. Einen Augenblick dachte er daran, wieder einmal einen nächtlichen Spaziergang durch das Haus zu machen, doch dann fiel ihm plötzlich die seltsame Leere im Wohnzimmer ein, als er beim Heimkommen durch das Fenster geschaut hatte. Es lag nicht nur daran, dass niemand im Zimmer gewesen war; es war ihm so vorgekommen, als ob das ganze Haus verlassen und leer gewesen wäre.

Die Kälte hielt einige Tage an und Ned und Mr. Scully verbrachten sehr viel Zeit damit, am Küchenfenster Wache zu halten, ob sich drüben im Schuppen etwas bewegte. Und wenn der eine oder der andere erspähte, wie die Katze wieder einmal den Kopf ein klein wenig zu heben schien, dann rief er erfreut: »Sie hat sich bewegt! Sie lebt noch!« Und dann ging einer von ihnen sofort mit dem Schüsselchen voll Futter hinaus. Aber die Katze wollte nicht fressen. Ned hielt ihr die Schale jetzt immer dicht unter die Nase und einmal gab sie einen sonderbaren Laut von sich. »Wie ein Schlüssel in einem verrosteten Schloss«, berichtete Ned.

»Sie will vielleicht nur ihre Ruhe haben«, sagte Mr. Scully. »Also werden wir sie auch in Ruhe lassen, Ned.«

»Könnten wir sie nicht zum Tierarzt bringen?«

»Ich glaube nicht, dass sie sich vom Tierarzt anfassen und untersuchen lassen würde. Obwohl sie so schwach ist, hat sie heute Mittag das Maul aufgerissen und mich angefaucht, als ich ihren Kopf berührt habe. Sie ist eine wilde Katze, Ned. Wir müssen einfach Geduld haben und abwarten. Außerdem hab ich nicht genug Geld, um einen Tierarzt zu bezahlen.«

Am nächsten Tag waren Mr. Scully und Ned sicher, dass sie tot war. Mr. Scully hatte keinen Atem mehr gespürt. Am Nachmittag hatte es wieder geschneit und der Wind hatte den neuen Schnee bis in den Schuppen hineingeweht; sogar auf dem Schaffell lag eine dünne Schicht.

»Komm weg vom Fenster, Ned; du wirst noch ein Loch in die Scheibe starren. Alle Geschöpfe müssen eines Tages sterben und heute war eben sie an der Reihe. Jetzt setz dich her zu mir, ich muss mit dir über ein paar wichtige Sachen reden, die mir Sorgen machen.«

Widerstrebend riss Ned sich vom Fenster los und setzte sich Mr. Scully gegenüber an den Küchentisch.

»Es ist das Ofenrohr«, sagte der alte Mann. Seine Stimme klang höher als sonst und er hatte ein paar rötliche Flecken auf den Backenknochen. Ned wurde klar, dass Mr. Scully sich sehr aufregte.

»Das Ofenrohr muss gereinigt werden oder ich brenn mir noch das Haus über dem Kopf ab.« Mr. Scully sprach schnell und drängend. »Ich hab an Doris geschrieben. Hier ist der Brief und zwei Cents für die Briefmarke. Sei so gut und gib ihn deinem Vater, damit er ihn auf die Post bringt, wenn er morgen nach Waterville fährt. Der Winter ist eine schreckliche Zeit! Bloß ein paar Grad weniger und schon passiert alles Mögliche!«

Mr. Scullys gereizter Tonfall verriet Ned, dass es dem alten Mann zu viel wurde, sich auch noch Sorgen um die Katze zu machen. Ned sank das Herz. Die Katze schien auf einmal zweihundert Pfund zu wiegen und Ned musste diese Last von nun an alleine schleppen.

Er übergab Papa den Brief an Doris und die zwei Cents für die Marke und dann schaute er bei Mama hinein. Zum ersten Mal seit dem Tag, an dem sie den schrecklichen Schmerzanfall gehabt hatte, saß Mama wieder in ihrem Rollstuhl und war angekleidet. Sie war sehr blass, aber sie lächelte, sobald sie Ned sah, und sagte, er solle hereinkommen. Mit einer Hand hielt sie ihre Lieblingstasse umklammert, die mit Rosenknospen und Rosenblättern bemalt und so hauchdünn war, dass man hindurchsehen konnte, wenn man sie vor die Lampe hielt.

»Schau nicht so besorgt drein, Neddy. Es geht mir viel besser«, sagte Mama.

Er ging zu ihr und Mama ließ die Tasse los und legte ihre Hand auf seine. Ned wusste, warum: Er sollte sehen, dass ihre Gelenke heute viel weniger geschwollen waren.

»Es ist ein Rätsel«, sagte Mama. »Niemand weiß, wodurch es schlimmer oder besser wird. Es ist wie beim Segeln mit einem kleinen Boot zwischen den Riffs: Man weiß nie, ob oder wann man gegen den nächsten Felsen knallt. Heute bin ich müde, aber das ist alles. Ich glaube sogar beinahe, ich könnte ein bisschen gehen. Es ist eine Weile her, seit ich es versucht habe, und meine Beine sind ziemlich schwach, aber ich habe trotzdem das Gefühl, ich könnte es schaffen.«

Langsam streckte sie einen Fuß unter der Decke hervor, die über ihren Beinen lag.

»Das sind die Pantoffeln, die Onkel Hilary dir aus China mitgebracht hat«, sagte Ned.

»Er bringt uns die ganze Welt ins Haus, nicht wahr? Freust du dich, dass du mit ihm verreisen darfst?«

Es war beinahe unmöglich, Mama anzulügen. Anstatt auf ihre Frage zu antworten, sagte Ned, er müsse noch einmal zu Mr. Scully laufen und noch mehr Holz ins Haus schaffen; es sei so kalt und Mr. Scully brauche es vielleicht.

Er lief hinunter, zog seinen Mantel an, ging hinaus und stand dann frierend unter dem Holzapfelbaum. Von dort schaute er hinauf zu dem bunten Glasfenster im Treppenhaus und wusste, dass ihm in seinem ganzen Leben noch nie so elend zu Mute gewesen war. Durch das Küchenfenster sah er Mrs. Scallop am Spülbecken stehen. Sie schien zu singen und plötzlich warf sie beide Arme hoch, als ob sie ein Orchester dirigieren würde; in der einen Hand hatte sie eine Karotte, in der anderen ein Küchenmesser. Ned musste lachen, obwohl er sich doch so absolut grässlich fühlte. Er hätte nie zuvor geglaubt, dass ausgerechnet Mrs. Scallop ihn jemals aufheitern könnte, aber genau das war geschehen.

Am nächsten Tag war Samstag und Ned brauchte nicht in die Schule zu gehen. Trotzdem stand er sehr früh auf und lief ohne Frühstück sofort zu Mr. Scully hinunter.

Das Wetter war umgeschlagen. Der Himmel war klar und eine blassgelbe Wintersonne schien. Von den Wiesen war das leise Geräusch von tauendem Schnee zu vernehmen.

Ned stampfte den Schnee von den Stiefeln und ging durch die Küchentür ins Haus. Mr. Scully stand am Küchenfenster und lachte von einem Ohr zum anderen.

»Sie war überhaupt nicht tot!«, rief er Ned zu, der nur ein paar Schritte vor ihm stand. »Und jetzt ist sie unterwegs, einfach aufgestanden und ab! Siehst du die Spuren da draußen, bis rüber zur Tanne? Was immer es war, Gift oder Bazillen, sie hat's einfach rausgeschlafen! Und jetzt ist sie schon wieder unterwegs. Sie hat's überstanden. Ich hab sie aufgegeben… Aber sie sich nicht! Ist das nicht großartig? Sie ist durchgekommen!«

Ned war wie benommen. Das Glücksgefühl traf ihn wie ein kräftiger, gut gemeinter Schlag auf die Schulter; das Glück duftete nach Mr. Scullys frischem Kaffee und nach Holzrauch, es hatte die blassgelbe Farbe des Sonnenstrahls auf dem Küchentisch und auch das Grau der alten Steppdecke, die kein Sterbelager mehr war.

Ned hörte Papas Auto vorbeifahren und wünschte, er säße auch darin. Wenn er die gute Nachricht früher erfahren hätte, dann hätte er heute doch mit Papa in die Kirche fahren können. Heute begannen die Vorbereitungen für Weihnachten; die großen Mädchen und die Frauen setzten sich im Gemeindesaal zusammen und zogen gelbe Maiskörner und rote Preiselbeeren auf lange Fäden. Das war Schmuck für den Weihnachtsbaum. Sie packten auch Geschenke für die Kinder ein. Vielleicht wurde schon heute die große Doppeltür der Kirche ganz geöffnet, damit ein halbes Dutzend Männer den riesigen Baum hereintragen konnten. Jemand musste dann hinauf auf die Empore gehen, um den großen Stern auf die Baumspitze zu stecken. Am Heiligen Abend duftete die ganze Kirche nach Tannenwald und Schnee und nach Pfefferminzzuckerstangen, die auch zum Baumschmuck gehörten. Und er war dann nicht mit dabei! Er war dann mit Onkel Hilary auf dem Weg nach Charleston.

Mr. Scully erklärte, er fühle sich so aufgemuntert, dass er

zur Feier des Tages eine Pfeife rauchen wolle. Er ging und holte Pfeife und Tabak aus dem Wohnzimmer, ließ die Tür hinter sich offen, und kalte Luft, die nach Äpfeln duftete, kam in die Küche. Im Winter hob Mr. Scully die Korbe mit Äpfeln im Wohnzimmer auf und auch einen Sack mit Kartoffeln und einen Sack Zwiebeln. Ein geschnitzter Hundekopf verzierte Mr. Scullys Meerschaumpfeife. Ned fand, dass er schon lange nicht mehr so kräftig ausgesehen habe wie heute. Er hantierte auch mit lebhafteren Bewegungen, als er seine Pfeife stopfte, sich aus der Blechschachtel auf der Fensterbank die Streichhölzer holte und den Tabak anzündete.

»Wenn sie heimkommt, bring ich ihr sofort Futter raus«, sagte Mr. Scully. »Sie ist jetzt ausgehungert und muss wieder zur Kräften kommen. Mrs. Kimball hat mir gestern ein gekochtes Huhn gebracht. Davon kriegt sie auch was ab. Du wirst schon sehen, wir haben sie bald wieder auf den Beinen.«

»Sie freuen sich auch!«, sagte Ned überrascht. Die ganze Zeit über hatte er gedacht, Mr. Scully nehme eben *seine* Sorgen um die Katze mit Geduld hin. Jetzt begriff er, dass Mr. Scully sich auch für die Katze verantwortlich fühlte. Und noch mehr: Er mochte sie.

»Ja, ich freue mich«, sagte Mr. Scully mit ernster Stimme. »Wenn du so alt bist wie ich, dann ist so viel Lebenskraft in einem Geschöpf herzerfreuend. Ich weiß nicht, warum, aber das ist so.«

Mrs. Scallop war nirgends zu sehen, als Ned heimkam, und so konnte er sich sein Frühstück alleine richten und es ungestört in der Küche essen. Hinterher wusch er das Geschirr ab und räumte es weg und dann ging er zu seiner Mutter.

»Ich freu mich, dass ich mit Onkel Hilary verreisen darf«, sagte er.

Mama lachte und sagte: »Ach ja, das ist die Antwort auf meine Frage von gestern, nicht? Manchmal brauchst du wirklich eine Weile, bis du eine Antwort hast.«

Ned konnte ihr nicht erzählen, was seit gestern alles passiert war und warum er sich so viel wohler fühlte.

»Ich hab auch eine Neuigkeit für dich«, fuhr Mama fort. »Papa ist heute Morgen mit Mrs. Scallop nach Waterville gefahren, damit sie sich dort im Altersheim vorstellen kann. Dort wird eine Stelle frei und Papa hat davon erfahren. Weißt du noch, wie wir davon gesprochen haben, dass sie ihr eigenes Gebiet braucht, in dem sie kommandieren darf wie ein Häuptling? Ich hoffe, das bekommt sie dort. Sie hat einen Hut aufgesetzt, der wie eine Kürbispastete aussieht. Vielleicht war es eine? Jedenfalls hoffe ich, der Direktor des Altersheimes ist so davon beeindruckt, dass er Mrs. Scallop nimmt.«

»Wie hat Papa ihr beigebracht, dass sie nicht mehr bei uns bleiben soll?«

Mama lachte wieder. »Das habe ich vorher sorgfältig mit ihm studiert. Schließlich wollte er nicht lügen und die Wahrheit mussten wir ja ein bisschen verpacken. Er hat ihr gesagt, dass wir ernsthaft daran dächten, ins Pfarrhaus zu ziehen, und dass ich eigentlich eine richtige, gelernte Krankenschwester brauche. Ich bin so glücklich, dass sie weggeht!« Mama seufzte und warf einen Blick zum Fenster hinaus. »Was für ein herrlicher Tag! Es ist eine Wohltat, wenn es mitten im Winter plötzlich einen Tag lang milde ist. Mrs. Scallop ist eine tüchtige Haushälterin, das muss ich ihr lassen. Aber ich glaube, sie verabscheut mich, weil ich nicht immerzu dieses gute Herz bewundere, das sie vor sich herträgt. Ich habe den Verdacht, ihr richtiges Herz gleicht ihren grässlichen Flickenteppichen.«

Ned hatte den Eindruck, dass Mama mit sich selbst sprach; sie schaute noch immer zum Fenster hinaus und ihre Stimme klang verträumt.

»Kommt wirklich eine richtige Krankenschwester?«, fragte er.

Mama wandte den Kopf und lächelte ihn an, als ob sie gerade erst entdeckt hätte, dass er neben dem Rollstuhl stand.

»Ja, und es ist Mrs. Kimball.«

»Evelyns Mutter?«

»Ja, natürlich. Das jüngste Kind, Patrick, bekommt seine Milch jetzt schon aus dem Fläschchen, und Evelyn kann ihn versorgen. Papa hat schon vor Wochen alles mit ihr besprochen und Mrs. Kimball ist damit genauso gedient wie uns.«

»Auf einmal passiert alles gleichzeitig«, sagte Ned.

»Das ist immer so«, sagte Mama.

Weihnachten

Mrs. Scallops Vorstellung im Altersheim verlief erfolgreich. Ned war mit dabei, als Papa Mama davon berichtete. Mrs. Scallop hatte den Direktor des Hauses beeindruckt; sie hatte versprochen, immer sparsam zu wirtschaften, und versichert, dass bei ihr niemals Lebensmittel im Abfall landeten, dass sie ein gutes Herz habe und alte Leute besonders gern möge. Sie sollte ihren neuen Posten in ein paar Tagen antreten.

»Ohne das gute Herz geht's halt nicht bei ihr«, sagte Mama und zwinkerte Ned zu.

»Ich hoffe, du machst dich nicht lustig über die arme Frau«, sagte Papa.

»Da hoffst du vergeblich, Jim«, antwortete Mama spitz.

»Nun, ich muss zugeben, ich werde sie auch nicht vermissen«, sagte Papa.

Mrs. Scallop tat noch erhabener als je zuvor, aber Ned machte sich nichts mehr daraus. Alle Ängste und Sorgen gehörten jetzt der Vergangenheit an, und wenn Ned sich daran erinnerte, dass Janets Katze Junge bekommen hatte, oder an die Rauferei mit Billy, dann sagte er sich: Das war damals, als ich mir so entsetzliche Sorgen gemacht habe.

Doch dann wurde in ein paar Minuten alles wieder ganz anders.

Es war ein kalter Nachmittag; Ned ging mit Billy von der Schule heim. Sie unterhielten sich über Weihnachten und was ihnen am besten daran gefiel. Billy sagte, das absolut Allerbeste an Weihnachten seien die Schulferien.

An Mr. Scullys Haus trennten sie sich. Billy ging weiter und Ned lief um das Haus herum zur Küchentür, stampfte sich den Schnee von den Stiefeln und öffnete. Die Küche war eiskalt. Kein roter Feuerschein fiel durch die Ritzen der Herdtür. Auf dem Ablaufbrett neben der Wasserpumpe stand schmutziges Geschirr, auf dem Tisch eine Packung Haferflocken, außerdem die Katzenschüssel mit Maisbrot und Speckstückchen. Neben dem Schaukelstuhl lagen Mr. Scullys Pantoffeln.

Draußen vor dem Küchenfenster bewegte sich etwas. Die Katze stakte durch den Schnee zum Schuppen. Plötzlich hielt sie inne, hob eine Vorderpfote und leckte sie eine Weile heftig ab, als ob sie ein Stückchen gefrorenen Schnee zwischen den Fußsohlen stecken hätte. Sie sah schon viel besser ernährt aus, obwohl sie noch immer ziemlich mager war. Ned brachte die Schale voll Futter und eine Untertasse mit Wasser in den Schuppen. Die Katze beobachtete ihn aus sicherer Entfernung, aber sie hatte offensichtlich keine Angst mehr vor ihm; sie war nur noch ein wenig vorsichtig.

Ned hätte ihr gern beim Fressen zugeschaut, aber er wusste, dass die Katze nicht an die Schüssel heranging, wenn er so nahe dabei stehen blieb. Er ging also wieder in die Küche und vergaß die Katze, denn er überlegte sich, wo Mr. Scully sein mochte. Vielleicht zu Besuch bei Mrs. Kimball? Er sagte zwar oft, das Kindergeschrei und Getümmel gehe ihm auf die Nerven und er möge es auch nicht, wenn die Kleinen auf ihm herumkrabbelten.

Dann sah Ned die kleine Rumflasche auf dem Boden liegen; sie war ausgelaufen. Sein Blick glitt von der Flasche zur Treppe und Ned schauderte es. Der Schauder war sehr stark und dauerte endlos und Ned wusste nicht recht, ob er von der Kälte im Haus kam oder von etwas anderem.

Langsam stieg er die Treppe hinauf. Mr. Scully lag in der offenen Tür zum Badezimmer, das Gesicht nach unten, die Arme vor sich ausgestreckt, die Hände zu Fäusten geballt.

Ned rannte den ganzen Weg zu den Kimballs und hämmerte auf die Tür ein, bis Terence, einer von Evelyns kleinen Brüdern, aufmachte. Ned schaute über Terence hinweg in die große Küche. Eine zierliche Frau saß neben dem Herd; ihr dunkles Haar war zu einem dicken, zerzausten Knoten zusammengedreht und auf dem einen Knie saß ein Baby.

»Neddy, wie schön, dass du wieder mal kommst«, rief sie. »Terence, hol Evelyn. Ned, ich hab gerade türkischen Honig gemacht, den musst du probieren; setz dich irgendwohin.«

Ned rang noch nach Luft. Eine von den Katzen, die in der Küche herumlungerten, ging plötzlich mit wildem Fauchen auf eine andere los. Das Baby krähte vor Entzücken, Evelyn kam hereingestürzt und schrie: »Hallo, Ned!«

»Mrs. Kimball«, sagte Ned so laut er konnte. »Mr. Scully liegt in seinem Badezimmer auf dem Fußboden und bewegt sich überhaupt nicht.«

»Kümmere dich um Patrick«, sagte Mrs. Kimball und drückte Evelyn das Baby in die Arme.

»Ich glaube, er ist tot!«, schrie Ned und brach in Tränen aus.

Mrs. Kimball stieg schon in ein Paar hohe, schwarze Gummistiefel und zog eine dicke Männerjoppe aus kariertem Wollstoff über. Ned rannte hinter Mrs. Kimball her und holte sie erst oben ein, als sie sich schon neben Mr. Scully niederkauerte und ihn vorsichtig auf den Rücken drehte. Ein dünner Strich aus Speichel war in seinem Mundwinkel angetrocknet. Mrs. Kimball legte zwei Finger auf seinen Puls.

»Er ist nicht tot«, sagte sie ruhig. »Ich glaube, er hat einen Schlaganfall gehabt. Wir haben kein Telefon, also sei so lieb und lauf zu dir heim. Ruf in Waterville im Krankenhaus an und sag, sie sollen sofort eine Ambulanz herschicken. Sofort, Neddy! Ich bleib bei ihm.« Mrs. Kimball nahm Mr. Scullys Bademantel vom Haken, faltete ihn zusammen und schob ihn als Kissen unter seinen Kopf. »Beeil dich bitte, Ned.«

Er war noch nie im Leben so schnell den Hügel hinaufgerannt. Sein Vater kam gerade aus dem Arbeitszimmer.

»Papa, Mr. Scully hat einen Schlaganfall gehabt«, keuchte Ned. »Mrs. Kimball ist bei ihm und sie hat gesagt, das Krankenhaus soll eine Ambulanz schicken, ganz schnell!« Sein Vater rief im Krankenhaus an und machte sich dann auf den Weg zu Mr. Scully; Ned hatte das grässliche Gefühl im Magen überwunden, das ihn bei Mr. Scullys Anblick auf dem Fußboden gepackt hatte. Er wollte mitkommen, aber Papa sagte, für heute habe er genug getan.

Ned schaute ihm nach, wie seine große, aufrechte Gestalt den Hügel hinabschritt. Eine gute Weile rührte sich nichts, unten bei Mr. Scullys Haus. Dann kam endlich die Ambulanz; zwei Männer stiegen aus, zogen eine Bahre aus dem Wagen, verschwanden im Haus und kamen gleich wieder zurück. Jetzt lag eine leuchtend rote Decke auf der Bahre; darunter musste Mr. Scully liegen. Die Ambulanz fuhr weg. Mrs. Kimball überquerte den Fahrweg und ging wieder heim und Papa stand noch einen Augenblick da und schien das kleine Haus zu betrachten. Ned sah das alles wie in einem Film.

Ned hoffte, dass die Ambulanz und die fremden Leute die Katze nicht ein für alle Mal verscheucht hatten. Er hoffte, dass Mr. Scully wieder aufwachte und gesund wurde. Mr. Scully und die Katze waren eine einzige große, verwirrende Sorge. Ned sah, wie Papa kehrtmachte, um wieder heimzugehen, dann hörte er Mrs. Scallop die Hintertreppe herunterpoltern.

»Neddy, mein Liebling, was ist los mit dir? Dein Gesicht ist ganz rot und deine Knie wackeln.« Und noch ehe er darauf antworten konnte, fügte sie hinzu: »Beruhige dich doch, beruhige dich.«

Ned verabscheute ihre falsche, beschwichtigende Stimme; sie tat so, als ob ihr das Land der Ruhe gehören würde und er irgendein Trottel wäre, der aus Versehen über die Grenze gestolpert war. Er schwieg. Sie schien sich nichts daraus zu machen und lächelte ihn an, als ob sie sowieso genau wüsste, welche Gedanken in seinem Kopf steckten.

»Mr. Scully ist krank«, sagte er endlich und dachte bei sich: Welch ein Glück, dass sie bald weggeht.

»Das weiß ich längst«, antwortete Mrs. Scallop scharf. »Meinst du vielleicht, dein Papa würde mir solche wichtigen Sachen nicht sagen? Außerdem hab ich gehört, wie er telefoniert hat. Ich habe Erfahrung mit alten Leuten, die allein leben ... von undankbaren Kindern verlassen.«

Ned ging hinaus in den Flur und dachte sich, dass sogar Doris ihm Leid tat, falls Mrs. Scallop sie gemeint hatte mit den undankbaren Kindern.

Seine Mutter sah ihm gespannt entgegen.

»Es tut mir so Leid für Mr. Scully«, sagte sie. »Ich glaube, du magst ihn sehr gern, nicht wahr?«

»Ich hab gedacht, er ist tot«, sagte Ned. »Er hat tot ausgesehen.«

Mama sah ihn aufmerksam an. »Hast *du* ihn gefunden? Ich dachte, es sei Mrs. Kimball gewesen.«

»Ich hab ihn gefunden. Ich bin nach der Schule hingegangen, wie jeden Tag. Ich wollte ...« Ned brach ab. Beinahe hätte er gesagt: Ich wollte wissen, wie es der Katze geht. Er begann noch einmal: »Ich wollte ihm helfen, beim Holzholen und so, und nachsehen, wie es ihm geht.« Er spürte ein sonderbares kleines Kribbeln vor Aufregung, weil er eigentlich von beiden, von Mr. Scully und der Katze, sprach und seine Mutter das nicht merkte.

»Du musst einen fürchterlichen Schreck bekommen haben«, sagte Mama. »Jemand, den du so gut kennst! Und dann liegt er auf einmal reglos am Boden ... Oh, ich weiß, du hast bestimmt Angst gehabt!«

»Mein Magen hat einen Schreck bekommen«, gab Ned zu.

»Vielleicht hast du ihm das Leben gerettet«, sagte Mama.

Wem?, dachte Ned.

»Wenn jemand einen Schlaganfall hat, braucht er möglichst schnell einen Arzt. Je schneller das geht, desto besser sind die Aussichten, dass er sich wieder erholt.«

Ned wünschte sich plötzlich, er könnte eine Weile allein in seinem Zimmer bleiben, die Tür hinter sich absperren und mit niemandem sprechen, nicht einmal mit seiner Mutter. Eine schmerzhafte Verwirrung überfiel ihn; die Aufregung von eben war schon verflogen. Er wünschte, irgendjemand, ein Zauberer vielleicht, könnte ihn dazu bringen, endlich von der Katze zu sprechen.

Seine Mutter schaute ihn noch immer aufmerksam an.

»Kann man an einem Schlaganfall sterben?«, fragte Ned leise.

»Ja«, antwortete Mama. »Ein Schlaganfall entsteht, wenn Gehirnzellen plötzlich nicht mehr genug Blut bekommen, weil eine Ader platzt oder verstopft ist. Man kann daran sterben; man kann es auch überstehen, aber dann ist der Kranke oft auf der rechten oder der linken Seite gelähmt, oder er kann nicht mehr richtig sprechen. Und nicht alle können sich davon wieder erholen. Mr. Scully ist schon alt, Ned. Auch wenn er sich erholt, ist er vielleicht nicht mehr so wie vorher.«

»Dann kommt er nicht wieder heim in sein Haus?«

»Wahrscheinlich nicht, wenn sich nicht jemand findet, der dann bei ihm wohnt und ihn versorgt«, antwortete Mama.

»Aber was soll dann werden?«, schrie Ned auf. »Was soll dann…« Er brach ab.

»Seine Tochter wird herkommen müssen und alles regeln. Ach Ned, ich hab nicht gewusst, dass du den armen alten Mann so magst! Es tut mir so Leid für dich, dass wir ihm jetzt gar nicht helfen können; wir können nur abwarten. Wenn du von der Reise mit Onkel Hilary zurückkommst, dann …«

»Nein!«, stieß Ned hervor. »Ich kann nicht mit Onkel Hilary wegfahren!«

»Neddy, was ist denn los?«

Mrs. Scallop trat lautlos ins Zimmer: »Ned, du störst deine arme Mutter, wenn du so laut bist.«

»Mrs. Scallop, sprechen Sie bitte nicht für mich«, sagte seine Mutter mit so scharfer Stimme, dass Ned seine eigenen Sorgen einen Augenblick lang vergaß. »Ich habe Durst und mir ist kühl«, fuhr Mama fort und ihre Stimme klang nur um einen Hauch weniger streng. »Bringen Sie mir bitte einen heißen Tee.«

Mrs. Scallop verließ widerstrebend das Zimmer und Mama flüsterte Ned zu: »Ich hab gar keinen Durst und kühl ist mir auch nicht… Neddy, du siehst so erstaunt drein!« Sie lächelte ihn an. »Ich bin nicht so gut wie dein Vater; ich schwindle manchmal.« Sie nahm seine Hand und drückte sie: »Ned, warum kannst du nicht mit Onkel Hilary wegfahren? Weißt du, ich bin nicht dafür, dass man immer alles erzählen muss, aber manchmal passiert irgendetwas, das einem dann wie ein Hindernis im Weg liegt. Ich habe so ein Gefühl, als sei dir so etwas passiert.«

Ned starrte Mama an, voll verzweifelter Hoffnung, dass sie alles erraten würde. Aber würde sie dann seine Hand noch so halten wie jetzt, wenn sie wüsste, dass er einer Katze ein Auge ausgeschossen hatte, dass er einem lebendigen Geschöpf Schmerzen zugefügt hatte? Einmal hatte er unter dem Fliederbusch eine kleine Feldmaus gefangen und sie Mama gebracht und Mama hatte die Maus mit einer Fingerspitze gestreichelt und dabei gelächelt. Mama mochte Vögel und sie hatte auch ihre Katze Tante Pauline geliebt.

Aber sicher würde sie doch verstehen, dass er nicht gewusst hatte, dass dieser Schatten etwas Lebendiges war?

»Ach…«, stöhnte sie plötzlich. »Wenn ich doch nur gehen könnte!«

Oder hatte er doch gewusst, dass es etwas Lebendiges war?

»Ich möchte nicht nach Charleston fahren.« Neds Stimme zitterte ein wenig. »Ich möchte nicht fort von daheim.«

Mama streichelte seine Hand.

»Gut, Ned, du musst nicht fahren, wenn du nicht magst«, sagte sie ruhig. »Wir werden Onkel Hilary gleich schreiben. Ihm wird das sehr Leid tun, das weiß ich, aber vielleicht geht es ein andermal.«

Ein paar Tage später ging Mrs. Scallop. Ihre Flickenteppiche schnürte sie mit einer dicken Kordel zusammen und sie ließ sich weder von Ned noch von seinem Vater dabei helfen, das Bündel zum Auto zu schleppen. Es schien ihr gar nichts auszumachen, wegzugehen, im Gegenteil. Sie erklärte Ned, dass sie jetzt zu etwas Höherem aufsteige. Für so eine aktive Frau wie sie sei es schlimm, hier aufs Land verbannt zu sein, wo es niemanden gab, mit dem sie sich unterhalten konnte, bloß ein Kind und eine Schwerkranke. In Waterville war das ganz anders und viel besser. Mrs. Scallop hinterließ eine große Schüssel mit Schokoladenplätzchen auf dem Küchentisch. Ned beschloss, sie nicht anzurühren, und hatte dabei doch schon eines in der Hand.

Papa fuhr mit Mrs. Scallop davon und Ned ging über die Hintertreppe hinauf in ihr Zimmer. Es kam ihm leerer vor als je zuvor, so als ob sie irgendetwas Unsichtbares daraus mitgenommen hätte. Die Kommode war abgestaubt, eine weiße Schonerdecke lag über die Matratze gebreitet. Mama sagte, das ganze Haus komme ihr jetzt geräumiger vor, seit Mrs. Scallop weg sei.

Mr. Scully würde noch lange nicht heimkommen. Das erfuhr Ned von Evelyn, die es von ihrer Mutter wusste. Er hatte tatsächlich einen Schlaganfall gehabt und jetzt konnte er sein rechtes Bein und seinen rechten Arm nicht bewegen und auch nicht sprechen. Seine Tochter Doris war benachrichtigt worden und wollte herkommen.

Ned ging jeden Nachmittag zu Mr. Scullys Haus und wartete im Hof auf die graue Katze. Wenn es bitterkalt war, blieb er im Schuppen und drückte die Tüte mit den Resten vom Essen an sich, damit sie nicht gefroren. Sobald die Katze an der Ecke des Klohäuschens auftauchte, füllte Ned die alte Schale und stellte sie auf den Boden. Die Katze näherte sich mit großer Vorsicht, legte den Kopf schief und beobachtete Ned genau. Erst wenn Ned ein gutes Stück davon entfernt stand, ging sie an den Futternapf.

Ned schaute ihr zu, wie sie fraß, und dabei war ihm zu Mute, als ob er sich selbst den Magen füllte. Wenn die Katze ihren Hunger gestillt hatte, wurden Neds Gedanken von ihr befreit. Nur wenn er mit der Katze zusammen war, musste er nicht immer an sie denken.

Ned konnte keine Milch von daheim mitnehmen. Er hätte sie erst morgens in die Schule tragen und dann am Nachmittag auf dem Heimweg in den Schuppen bringen müssen. Aber er hatte eine andere Idee. Eines Tages nahm Papa ihn mit nach Waterville zum Haareschneiden. Hinterher sagte Ned, er würde gern noch zum Hafen gehen, zum Kai, wo die Passagierdampfer der Hudson-Dampfschifffahrtsgesellschaft anlegten. Er würde gern allein hingehen, sagte er. Papa schaute etwas überrascht drein, aber er meinte nur: »Wenn's dir Spaß macht…«, und dass er dann das Bettjäckchen, das Mama zu Weihnachten bekommen sollte, eben allein aussuchen müsse.

Ned ging in einen Lebensmittelladen und kaufte von dem Geld, das er sich bei Mr. Scully verdient hatte, ein paar Dosen Büchsenmilch und im Eisenwarengeschäft noch einen kleinen Dosenöffner. Er war sicher, dass Papa seine voll gestopften, ausgebeulten Manteltaschen nicht bemerken würde, sein Vater schaute den Leuten ins Gesicht, nicht auf die Kleidung.

Papa schaute tatsächlich nicht einmal zu ihm hinüber, als Ned ins Auto stieg und die Milchdosen dabei dumpf aufeinander rumpelten. Ned kicherte beinahe und strich sich über den Nacken, der sich nach dem Haarschnitt so kühl und leicht anfühlte.

»Was machst du eigentlich immer hinter Mr. Scullys Haus?«, fragte Billy ihn eines Nachmittags nach der Schule.

»Ich räum den Hof auf, damit alles in Ordnung ist, wenn Mr. Scully aus dem Krankenhaus heimkommt«, antwortete Ned, ohne zu zögern.

»Aber jetzt liegt doch überall Schnee«, sagte Billy.

»Ich arbeite jetzt im Schuppen. Da ist auch allerlei zu tun«, sagte Ned.

Er fragte sich, ob es überhaupt noch etwas gab, worüber er nicht lügen konnte. Es kam ihm vor, als ob es ihm nicht einmal mehr etwas ausmachte.

Eine Woche nachdem Mr. Scully ins Krankenhaus gekommen war, stand eines Nachmittags das einzige Taxi von Waterville vor dem Haus. Die alte Karre war schon halb zugeschneit und der Fahrer blies sich in die Hände, um sie anzuwärmen.

Ned ging durch den Hof zum Schuppen. Gestern Abend hatte er die Fleischreste vom Nachtessen in die Dose gepackt, in der er seine Brote für das Mittagessen in der Schule mitnahm. Er schüttete die Reste in die Futterschüssel und goss Büchsenmilch darüber.

»He, du da!«, sagte eine laute Stimme.

Ned drehte sich um. Eine Frau in einem sehr dicken, braunen Mantel stand auf der Stufe vor der Küchentür.

»Was machst du da?«, wollte sie wissen.

»Ich füttere die Katze«, antwortete Ned, zu überrascht vom Auftauchen der Frau, um sich eine Ausrede einfallen zu lassen.

»Mein Vater hat keine Katze gehabt«, sagte die Frau streng. »Das hätte er mir geschrieben.«

»Ich arbeite bei ihm«, sagte Ned.

»Es hat niemand bei ihm gearbeitet. Er hat niemanden gebraucht«, sagte sie.

»Ich habe Holz gehackt und hereingetragen und ich hol ihm die Zeitung aus dem Briefkasten unten … und die Post, wenn mal welche da ist… und ich leiste ihm Gesellschaft«, erklärte Ned.

Seltsame Heiterkeit und Stärke erfüllten ihn auf einmal, als er so dastand und mit dieser unfreundlichen Frau sprach, die Mr. Scullys Tochter Doris war. Plötzlich wurde ihm bewusst, dass er zum ersten Mal seit langer Zeit ganz offen von der Katze gesprochen hatte.

»Du brauchst ihm keine Gesellschaft mehr zu leisten«, sagte sie.

Ned hatte Angst, zu fragen, was sie damit meine, obwohl er sicher war, dass seine Mutter es erfahren und ihm auch gesagt hätte, wenn Mr. Scully gestorben wäre. Er starrte sie benommen an.

»Er kann überhaupt nicht mehr für sich selber sorgen«, fuhr sie mit etwas weniger strenger Stimme fort. »Er kann auch nicht sprechen. Er kann nie wieder in dieser Bruch-bude wohnen.«

Bruchbude! Mr. Scullys Haus war klein und alt und ein bisschen heruntergekommen, aber es passte so gut um ihn herum wie ein Schneckenhaus um eine Schnecke. Ned fragte sich, was Doris sich unter einem Haus vorstellte.

»Ich werde versuchen es zu verkaufen«, sagte sie. »Er braucht das Geld jetzt dringend für das Altersheim.«

»Ich dachte, er ist im Krankenhaus?«

»Er wird bald entlassen.«

Ned wünschte inständig, der alte Mann säße wieder in seiner Küche und er selbst könnte zuschauen, wie er sich ein paar Tropfen Rum in den Tee träufelte.

Mr. Scullys Tochter schlug den Mantelkragen hoch und verbarg ihr Gesicht beinahe dahinter. Sie starrte über das

Flusstal und die niedrigen Hügelketten. »Schnee!«, stieß sie angewidert hervor. Dann wandte sie den Kopf nach Ned um. »Also, von mir aus kannst du die Katze füttern, bis jemand diesen Kasten kauft.«

»Kann ich Mr. Scully besuchen?«

»Von mir aus«, sagte sie, wieder missmutig. »Aber du könntest genauso gut eine Mauer besuchen. Der Doktor hat zwar gesagt, vielleicht wird's noch mal besser mit ihm, aber das weiß man bei einem Schlaganfall nie im Voraus. Er kann aber noch hören. Soll ich ihm was ausrichten von dir?«

»Sagen Sie ihm, dass ich mich um unsere Katze kümmere«, bat Ned.

Doris nickte, ohne ihn anzuschauen, und ging ins Haus. Vielleicht lag es an dem Taxi und der fremden Frau im Haus; vielleicht hatte es auch einen anderen Grund, jedenfalls ließ die Katze sich ein paar Tage lang nicht blicken. Jeden Nachmittag kratzte Ned das gefrorene Futter vom Vortag aus der Schüssel und gab frisches Futter und Milch hinein.

Seit Mrs. Scallop ihn nicht mehr mit ihren scharfen Pünktchenaugen beaufsichtigen konnte, holte Ned sich alles an Resten aus der Küche, was die Katze fressen mochte. Mrs. Kimball war immer freundlich und nett zu ihm und achtete überhaupt nicht darauf, ob er in die Küche oder in die Speisekammer ging und was er dort machte. Ned sagte sich, dass sie es von ihren eigenen vielen Kindern daheim sicher gewohnt war, nicht immerzu hinter einem her zu sein.

Drei Tage vor Weihnachten hing ein Schild an Mr. Scullys Haus: »Zu verkaufen«. Seit Tagen steckte schon keine Zeitung mehr im Briefkasten. Es kam Ned so vor, als sei die Katze gerade hinter einer von den Fichten verschwunden, die etwa dreißig Meter oberhalb des Schuppens standen. Er ging nicht hinterher; er sagte sich, dass das Taxi und Doris das Tier schon genug geängstigt hatten. Heute war die Futterschüssel im Schuppen leer und Ned war erleichtert.

Die Erleichterung dauerte aber nur zwei Minuten. Ned dachte an die kalten Wintermonate, die noch bevorstanden: Januar, Februar und März. Wie konnte er die Katze bis zum Frühjahr am Leben erhalten?

Die Schule, die Sonntagsschule, die Kirche, alles war nur ein fernes Murmeln in einem Nebenzimmer. Seine Gespräche mit Mama waren voller Unbehagen und Ned sah, dass Mama sich Sorgen machte. Es schien schon Jahre her zu sein, dass er das Gewehr vom Speicher geholt und damit geschossen hatte… der erste Ungehorsam, der alles andere nach sich zog. Seitdem hatten sich alle seine Lügen und Schwindeleien über dem Luftgewehr aufgetürmt wie ein Berg aus vereistem Schnee. Er selbst war in sein Geheimnis eingefroren und er wusste nicht, wie er es jemals zum Schmelzen bringen sollte.

Er schaute zu, wie Papa den langen Pelzumhang hervorholte, den Mama am Heiligen Abend trug, wenn sie alle drei zur Kirche fuhren. Mama hatte den Umhang von ihrer Großmutter geerbt; das Jahr über hing er unter einer Leinenhülle im Schrank. Ned strich über den weichen Pelz und fragte schüchtern: »Was ist das, Papa?«

»Seehundfell«, antwortete Papa.

Ned half Papa, den kleinen Weihnachtsbaum zu schmü-

146

cken, der im Wohnzimmer dem Büchertisch gegenüber stand. Sein Hals fühlte sich so sonderbar an.

»Neddy, du glühst ja!«, sagte Papa. »Ist dir nicht gut?«

»Nein«, antwortete Ned unglücklich.

Eine Viertelstunde später lag Ned im Bett und klapperte mit den Zähnen und Papa packte eine Decke nach der anderen auf ihn. Ned fror und schwitzte abwechselnd den ganzen nächsten Tag.

»Mrs. Kimball kommt auch am Heiligen Abend herüber und kümmert sich um dich und Mama bleibt auch daheim«, sagte Papa. »Ich weiß, wie enttäuscht du bist, Neddy, mein Lieber, aber du kannst nicht aus dem Haus gehen, so krank wie du bist.«

Der schöne, große Weihnachtsbaum in der Kirche mit seinen vielen Lichtern war Ned jetzt ebenso egal wie die Reise mit Onkel Hilary. Er stellte sich vor, wie er die Decken beiseite warf und den Hügel hinunter zum Schuppen rannte und die Schüssel mit frischem Futter füllte. Aber er wusste genau, dass er das nicht konnte und es auch nicht versuchen würde.

Früher hatte er es manchmal ganz angenehm gefunden, krank zu sein. Dann brachte Papa ihm einen großen Becher voll heißer Milch mit Honig und einen trockenen, schon abgekühlten knusprigen Toast oder Toast in Milch, warm und wohltuend, in einem Suppenteller. Mama rief von ihrem Zimmer nebenan etwas herüber oder saß sogar in ihrem Rollstuhl bei ihm.

Aber diesmal war Ned verzweifelt.

Es ist so eine grässliche Katze, dachte Ned plötzlich, während sein Vater neben dem Bett stand und darauf wartete, dass die fünf Minuten um waren und er Ned das Thermometer aus dem Mund nehmen konnte. Sie war hässlich und heruntergekommen, ihr Fell war fleckig, die Krallen standen vor und sie hatte nicht mal einen schönen Katzenschnurrbart. Sie würde nie so zahm werden wie Janets kleine Katzen, die auf dem Schoß sitzen blieben und sanft schnurrten und schmusten. Und sie hatte ein schwarzes Loch, wo das eine Auge sein sollte!

Das Auge! Seine Schuld! Papa zog ihm das Thermometer aus dem Mund. Ned murmelte: »Stirb, Katze, stirb!«

Sein Vater beugte sich über ihn und fragte leise: »Was ist, Neddy?«

Ned schüttelte den Kopf und Papa legte ihm die schmale, kühle Hand auf die Stirn.

Abschied

Einen Tag nach Weihnachten fiel das Fieber und Ned hatte wieder normale Temperatur. Papa erlaubte ihm aufzustehen, aber er musste sich warm anziehen und durfte nicht nach unten kommen, wo es in allen Zimmern immer so zog.

Zum ersten Mal im Leben wünschte Ned, dass die Ferien schon zu Ende wären. Jeder Tag war so lang wie eine Woche. Ned ging von einem Fenster ans andere und starrte hinaus auf die schneebedeckte Landschaft. Zu anderen Jahreszeiten bewegte sich immer etwas, flatterte oder flog oder huschte vorbei – Vögel, Insekten, Eichhörnchen. Und die Wiesen wellten sich wie Banner in der Brise. Aber jetzt konnte Ned überhaupt nichts erspähen, was sich bewegte, bis auf den Hauch seines Atems auf der Fensterscheibe.

Jeden Tag verbrachte Ned ein wenig Zeit mit Mama. Sie fühlte sich auch nicht wohl. Im ersten Stock war es wie in einem Krankenhaus, Papa war immerzu mit heißem Tee und Tabletts voll Essen unterwegs und duftete ein wenig nach Immergrünöl. Am Weihnachtsmorgen hatte Papa den Weihnachtsbaum fertig geschmückt und die silbernen Eiszapfen daran gehängt, aber Ned war noch nicht einmal unten gewesen, um ihn sich anzuschauen. Alle waren von allem getrennt und für sich: der Weihnachtsbaum, Papa, Mama, er selbst.

Seine Glieder waren schwer; er konnte sogar spüren, wie matt sein Blick war. Er lungerte müde und lustlos herum, hin und wieder von der Explosion eines heftigen Niesens aufgeschreckt. Sein ganzes Zimmer roch nach Hustensaft. Ned trug seinen alten, braunen Bademantel, aus dem er eigentlich schon herausgewachsen war. Die Schlaufen für den Gürtel waren schon fast unter die Arme gerutscht. Gelangweilt spielte er mit seinen Weihnachtsgeschenken. Papa hatte ihm ein Morsegerät geschenkt und Ned begann das Morsealphabet zu lernen. Von Onkel Hilary war ein Paket mit einem Mikroskop gekommen. Gebraucht gekauft, wie Onkel Hilary schrieb, aber ein richtiges Mikroskop. Er hoffte, dass es Ned Spaß machte, auch wenn es nicht so großartig war wie eine Reise nach Charleston.

Das Einzige, was Ned wirklich von Kummer und Langeweile ablenkte, waren *Die Abenteuer des Tom Sawyer* von Mark Twain. Das Buch hatte Mama ihm geschenkt. Aber sogar wenn er las, kam es vor, dass er plötzlich aufgeregt aufsprang, das Buch beiseite legte und im Zimmer hin und her lief; er dachte an Mr. Scully im Krankenhaus und fragte sich, ob die Katze noch lebte, in dieser verschneiten, vereisten Welt vor dem Fenster.

Endlich kam dann doch der Tag, an dem er den Bademantel an den Haken hängte und sich wieder richtig anzog. Das Essen schmeckte ihm zum ersten Mal wieder richtig. Er ging hinaus auf die Veranda und atmete die Luft, die noch immer nach Schnee schmeckte, in tiefen Zügen ein. Am nächsten Morgen ging Ned wieder zur Schule und darüber vergaß er Mr. Scully und die Katze beinahe.

Die Welt sah nicht mehr gefroren aus. Spuren von Menschen und Tieren verliefen im Schnee. Kahle Zweige knackten, Rauch stieg aus Kaminen. Ein kleiner, grauer Vogel zwitscherte auf einem Tannenzweig und Bobbys Bellen drüben bei den Kimballs konnte man in der stillen Luft weithin hören. Sogar der Schnee hatte seine eigenen Geräusche, es knirschte und knarrte unter den Schritten, taute wispernd zu Matsch.

An diesem Tag war Ned froh, dass er mit Billy und Janet und Evelyn heimgehen konnte. Unterwegs begann es zu schneien, in großen, schnell fallenden Flocken, die Ned blendeten und alle Laute erstickten. Onkel Hilary hatte ihm einmal von einer Insel in der Karibik eine große Meermuschel mitgebracht, in der man das Meer rauschen hörte, wenn man sie ans Ohr hielt. Jetzt kam es Ned so vor, als sei er in diese Muschel hineinversetzt worden.

Ein Tag verging wie der andere. Die Sonne zog allmählich wieder höher am Himmel dahin; ihr Licht war noch immer blass, aber doch anders, wärmer und dichter. Ned ging nach der Schule fast nie sofort heim.

Er streunte über die Hügel, durch den tiefen Wald, in den er sich noch nie zuvor hineingewagt hatte, nahm Abkürzungen über Wiesen, wo er manchmal bis zum Gürtel in Schneeverwehungen einsank. Sein Lieblingsort war das alte Makepeace-Haus oben auf dem Hügel. Ned folgte der Feldsteinmauer hügelan, die das Grundstück der Kimballs abgrenzte, und er lachte, wenn Bobby an seiner langen Laufkette lossauste und beim Bellen zum Himmel hinaufschaute, als ob Ned irgendwo über ihm schweben würde.

Wenn Ned oben aus dem Wald trat, fühlte er sich im Herzen des Winters. Wenn die Sonne schien, konnte er nach Norden zu daheim ein Speicherfenster glitzern sehen.

Unten an den Verandasäulen lag rundum Schnee angehäuft. Ned setzte sich auf die Kante der alten Korbbank und schaute über den Fluss und die Berge. Von hier aus war die Aussicht ganz anders als von der Veranda daheim, obwohl beide Häuser auf dem gleichen Hügelkamm standen. Neds Herz klopfte schnell, als ob er darauf wartete, dass etwas geschähe, irgendetwas Unerwartetes, das entweder schrecklich oder wunderbar sein konnte.

Eines Nachmittags, als der Waldboden schwammig vom schmelzenden Schnee war und Ned auf der Veranda des Makepeace-Hauses stand, sah er plötzlich zwischen Wiesenrand und Wald eine flüchtige, schnelle Bewegung. Er starrte auf den Punkt wie durch sein Mikroskop. Es war die Katze. Oder irgendeine Katze. Im nächsten Moment war das Tier schon verschwunden wie ein Rauchwölkchen aus Mr. Scullys Pfeife. Das Tier hatte etwas im Maul getragen.

Ned setzte sich auf die Korbbank. Evelyn sagte immer, hier würde es spuken, aber Ned fürchtete sich nicht. Ihm kam das Makepeace-Haus so uralt vor wie der griechische Tempel auf einer Postkarte von Onkel Hilary. Er kam überhaupt nicht auf die Idee, hinter dieser Katze herzulaufen. Das war es, dieses Rätsel um die Katze, was ihn fast wie ein Spuk verfolgte. Wenn das Tier wirklich die einäugige Katze gewesen war, dann hatte sie es fertig gebracht, schon lange ohne seine Hilfe zu leben. Er war ungeheuer erleichtert, weil er sie nicht gar zu deutlich gesehen hatte. Er war es überdrüssig, Mitleid mit der Katze zu haben.

Auf dem Heimweg ging er bei Mr. Scullys Haus vorbei.

Das Schild »Zu verkaufen« war verschwunden, Mr. Scullys altes Auto ebenfalls. Das Klohäuschen war abgerissen, die Bretter lagen neben dem Schuppen aufgestapelt. Die Katzenschüssel stand im Schuppen. Ned hob sie auf, machte ein paar Schritte über den Hof und plötzlich hob er den Arm und schleuderte sie mit aller Kraft in die Wiese. Dann machte er kehrt und rannte nach Hause.

»Wo bist du gewesen, mein kleiner Streuner?«, fragte Mama. Mrs. Kimball hatte ihr gerade eine Tasse Tee gebracht. Mrs. Kimball machte keine Leckereien wie Mrs. Scallop; sie war überhaupt keine gute Köchin, aber das machte Ned nichts aus, weil sie so lieb und freundlich war. Mrs. Scallop gehörte zu den Menschen, die schon zudringlich waren und kommandierten, wenn sie einen bloß anschauten. Aber Mrs. Kimball brachte es fertig, ihn gewissermaßen sogar dann in Ruhe zu lassen, wenn sie ihn an irgendetwas erinnerte, was er tun sollte, fand Ned.

»Ich war beim Makepeace-Haus; da geh ich jetzt oft hin«, antwortete Ned. Vom Erkerfenster aus konnte man jetzt im Winter die Kamine von Makepeace sehen; im Sommer blieben sie hinter dem Laub der Ahornbäume verborgen. »Wo sind die Leute geblieben?«, fragte Ned. »Hast du sie gekannt? Evelyn sagt, da gibt's Gespenster.«

Mama schaute ihn über ihre Teetasse hinweg an. Ned schien es, als hätte er sie eine Weile nicht gesehen, obwohl er sie doch jeden Tag besuchte, wenn auch manchmal nur für ein paar Minuten. Vielleicht hatte er sie nicht richtig angeschaut. Ihre Schultern sahen gebeugter aus als sonst und ihre Stimme wirkte dünner.

»Das Haus ist zwar schon fast zweihundert Jahre alt, aber Gespenster gibt es dort sicher nicht«, sagte Mama langsam. »Wenn in einem Haus etwas umgeht, dann sicher nur die Erinnerung an das Unglück, das die Menschen, die dort wohnten, mitgemacht haben. Als dein Großvater unseren Besitz gekauft hat, waren die Leute auf Makepeace eine große Familie. Aber im Ersten Weltkrieg sind drei Söhne umgekommen und zwei Töchter haben weit weg geheiratet. Als ich hierher gekommen bin, haben drüben auf Makepeace nur noch die alten Eltern gelebt. Seit sie tot sind, steht das Haus zum Verkauf, aber bis heute hat sich niemand gefunden. Als ich noch gehen konnte, bin ich oft hinübergegangen und habe mich auf der Veranda auf eine alte Korbbank gesetzt. Ein paar Mal habe ich dich mitgenommen.«

»Auf der Bank sitze ich auch immer«, sagte Ned.

»Wirklich?«, sagte sie so liebevoll, dass Ned wegschauen musste. Tränen stiegen ihm in die Augen.

»Es spukt dort wirklich nicht, Neddy«, sagte Mama mit festerer Stimme. »Ich glaube, dass es überall Geister gibt. Das sind die Seelen der Menschen, die durch diese Welt gegangen sind.«

»Ich hab gedacht, sie sind im Himmel?«

»Ja, das sagt Papa.«

Ned streckte die Hand aus und berührte eine Sekunde Mamas Haar. »Das Schild ›Zum Verkauf‹ an Mr. Scullys Haus ist schon wieder weg.«

»Ja, das Haus ist verkauft und Mr. Scully liegt schon im Altersheim«, antwortete Mama.

»Aber da arbeitet doch jetzt Mrs. Scallop?«, sagte Ned überrascht.

»Ja, aber mach dir keine Sorgen. Sie ist jetzt ... also, *netter* ist sicher nicht das richtige Wort ... aber ruhiger ist sie sicher. Jetzt hat sie in ihrem kleinen Kreis etwas zu sagen und auch mehr Arbeit als hier bei uns. Papa hat Mr. Scully schon besucht. Er hat auch gesagt, er hat den Eindruck, Mrs. Scallop mache ihre Sache ganz gut.«

»Geht es Mr. Scully besser?«

»Er kann die rechte Seite wieder ein klein wenig bewegen, aber er kann nicht sprechen.«

»Ist seine Tochter hiergeblieben?«

»Nein, sie ist schon wieder fortgefahren.«

Es schien beinahe unmöglich, dass seit seinem Geburtstag erst fünf Monate vergangen waren.

Mama berührte seine Hand, die auf der Armlehne ihres Rollstuhls lag. Ihre Finger waren trocken und heiß. Sie schauten einander lange stumm an. Endlich sagte Mama: »Mit der Zeit wirst du dich wieder wohler fühlen. Das Leben wird oft von ganz alleine besser.«

Ned ging in sein Zimmer und dachte über die Dinge nach, die die Erwachsenen zu ihm sagten. Ob es Mama jemals von ganz allein wieder besser gehen konnte? Es gab Augenblicke, in denen Ned das Gefühl hatte, dass seine Eltern versuchten ihn in eine bestimmte Richtung zu steuern – Papa mehr als Mama –, so wie er mit einem Stock Papierschiffchen durch eine Pfütze steuerte.

Am Sonntag war es beinahe warm in der Kirchenbank. Während der Predigt schaute Ned zu Papa hinauf, aber er hörte nicht richtig zu. Er versuchte sich den guten Duft des Löwenzahns vorzustellen und kam zu dem Schluss, dass man sich Düfte nicht vorstellen konnte. Er hörte seinen

Vater sagen: »Die Blinden und Lahmen kamen zu ihm in den Tempel und er heilte sie.«

Ned stellte sich die Veranda am Makepeace-Haus voll Blinder und Lahmer vor; sie drängten sich vor den Türen und Fenstern und kletterten über die Korbbank, und die einäugige Katze schlängelte sich zwischen ihren Füßen durch und musste schrecklich aufpassen, dass sie nicht getreten wurde. Und was wäre, wenn einmal in einem der großen leeren Zimmer dort Feuer ausbräche und das ganze Haus brannte? Wenn die Bäume draußen brannten und der Brand über den ganzen Hügelkamm raste, wenn ein Funkenregen über dem Dach daheim niederginge… und Flammen den Speicher mitsamt dem Luftgewehr in seinem Kasten verschlängen?

»Lasset uns beten«, sagte Pfarrer Wallis. Da senkte Ned den Kopf, machte die Augen fest zu und das Feuer verlosch.

»Können wir Mr. Scully besuchen?«, fragte Ned auf dem Heimweg.

»Daran habe ich auch schon gedacht. Gut, dass du mich erinnert hast, Ned«, sagte Papa.

Das Altersheim war ein großes Gebäude aus Ziegelsteinen; es hatte zwei Türme und stand an der breiten Hauptstraße von Waterville, nicht weit von dem Laden, in dem Papa manchmal Schokolade kaufte. In der geräumigen Eingangshalle roch es ein wenig sonderbar, wie nach Milch, die sauer zu werden begann. Der Fußboden war glänzend gewachst und ganz glatt. Rechts war eine Tür mit einem Schild »Büro« und links schaute man in einen langen Raum voll mit Tischen und Stühlen. Dort saßen drei alte

Frauen und hörten Radio. Die eine hielt ein Hörrohr darauf gerichtet, das wie ein Stück von einem Hirschgeweih aussah. Neds Vater steuerte eben auf die Bürotür zu, da öffnete sie sich und Mrs. Scallop segelte heraus. Sie trug eine weiße Tracht und hatte ihr Haar zu einem Knoten gebunden. Alles an ihr war verändert, bis auf das Lächeln, das immer noch langsam und triumphierend war und Ned zu sagen schien: »Ich bin die Größte. Ich weiß alles.«

»Herr Pfarrer, was führt Sie und den lieben Neddy her?«

»Hallo, Mrs. Scallop! Wie gut Sie aussehen!«, sagte Papa. »Wir wollen Mr. Scully besuchen, wenn er Besuch empfangen kann und wenn Sie meinen, dass es ihm zuträglich ist.«

Sie nickte, schaute wichtig drein und wiederholte: »Zuträglich … Ja, in der Tat. Er wird sich freuen, Sie zu sehen, aber er wird es Ihnen nicht sagen können. Wir tun unser Möglichstes für ihn, Herr Pfarrer, aber bis jetzt gibt es nur sehr wenig Fortschritte.«

Mrs. Scallop führte sie eine lange Treppe hinauf, durch einen engen Gang an mehreren geschlossenen Türen vorbei zu Mr. Scullys Zimmer. Seine Tür stand offen. Auf einem Fensterbrett stand ein Topf mit verwelkten Geranien. Mrs. Scallop ging um das Bett herum, in dem der alte Mann reglos auf der Seite lag. »Er hat den kleinen Blumentopf sehr gern gehabt«, sagte Mrs. Scallop ziemlich laut. »Aber ich hab ihm gleich gesagt, dass Geranien sich im Winter nicht gut halten.« Sie lächelte breit und beugte sich über das Bett: »Raten Sie mal, wer da ist.«

Papa nahm Ned fest bei der Hand und ging ebenfalls um das Bett herum auf die andere Seite. Ned wurde es ganz komisch im Magen, so wie wenn er einen Stein umdrehte und darunter die Insekten und Würmer durcheinander krabbeln sah.

Mr. Scullys Haar war wie Flaum und er hatte ein paar Bartstoppeln auf den Wangen und dem Kinn. Seine Unterlippe sah erstarrt aus. Aber in seinen Augen leuchtete Erkennen und Verständnis auf, sie glühten wie Kohlen in dem aschfahlen Gesicht. Ned beugte sich über ihn und flüsterte: »Hallo, Mr. Scully, ich freu mich Sie zu sehen.«

»Sprich lauter, Neddy«, kommandierte Mrs. Scallop.

»Wir hoffen, unser Nachbar kommt bald wieder nach Hause«, sagte Pfarrer Wallis mit einer Stimme, die ziemlich nach Predigt klang. Ned fand es schrecklich eng zwischen der Fensterbank mit dem Geranientopf und dem schmalen Bett. Kaum hatte er das gesagt, da gingen Papa und Mrs. Scallop hinaus auf den Gang und begannen dort ein lebhaftes Gespräch.

Ned betrachtete den alten Mann, der nun eine Schulter ein wenig bewegte. Mit jemandem zu sprechen, der ihm nicht antworten konnte, war das Seltsamste, was Ned je erlebt hatte. Er berichtete Mr. Scully von seinen Besuchen beim alten Makepeace-Haus, erzählte ein bisschen von der Schule und von dem Märchenbuch, das er las. Ned erwähnte nicht, dass er Doris getroffen hatte, und auch nicht, dass Mr. Scullys altes Auto verschwunden und das Klohäuschen abgebrochen worden war. Und dann wusste er nicht mehr, was er noch sagen sollte. Mr. Scully blinzelte. Ned kam es vor, als ob er ein wenig lächeln würde, aber er war sich nicht sicher. Ganz langsam zog Mr. Scully die Hand unter dem weißen Federbett hervor und machte eine kurze, tätschelnde Bewegung, als ob er ein Tier streicheln würde. Ned warf einen Blick auf die offene Tür. Papa und Mrs. Scallop waren nicht mehr zu sehen, nur ihre Stimmen noch zu hören. Ned bückte sich zu Mr. Scully herunter, bis sein Mund dicht an seinem Ohr war. »Ich glaub, ich hab sie gesehen«, flüsterte er. »Oben am Waldrand, und sie hatte sich was zum Fressen gefangen.«

Als Ned sich wieder aufrichtete, strahlten Mr. Scullys Augen ihn an.

Auf dem Heimweg fragte Ned seinen Vater, ob er Mr. Scully wieder besuchen könne. Papa versprach ihn am nächsten Samstag mit nach Waterville zu nehmen, wenn er in die Gemeindebücherei ging. »Es wird ihm gut tun, wenn du kommst, Ned. Seine Tochter ist so schnell wieder fortgefahren und jetzt ist er ganz allein.« Papa zögerte, ehe er hinzufügte: »Aber du musst wissen, dass er wahrscheinlich nicht wieder gesund wird.«

»Meinst du damit, dass er sterben muss?«, fragte Ned.

Papas Lippen bewegten sich, als ob er nach einem Wort suchte. »Das weiß ich schon«, sagte Ned schnell. Papa legte einen Arm um ihn und drückte ihn an sich.

Daheim ging Ned gleich zu Mama und erzählte ihr von dem Besuch bei Mr. Scully. »Gehört das Altersheim jetzt Mrs. Scallop?«, fragte Ned.

»Ich kann mir schon vorstellen, dass sie sich anstellt, als ob!«, sagte Mama und begann zu lachen.

Ned dachte an das, was er Mama nicht erzählt hatte, sondern nur Mr. Scully: von der Katze oben am Waldrand.

»Es ist also genauso, wie ich vorausgesagt habe«, fuhr Mama fort. »Mrs. Scallop ist glücklich, wenn sie nur ein wenig herumkommandieren darf.«

Ned war es nicht gewohnt, sich in Mamas Gesellschaft gelangweilt und unruhig zu fühlen. Aber jetzt war er es und er hatte keine Lust, sich über Mrs. Scallop zu unterhalten.

Papa richtete schon das Nachtmahl und Ned ging hinunter in die Küche. Meistens machte es ihm Spaß, Papa beim Kochen zuzuschauen. Papa sprang wie ein Hirsch zwischen Tisch und Herd und Spüle hin und her und schien ein ganz anderer Mensch zu sein als der, der im Altersheim so steif mit Mr. Scully gesprochen hatte. Schnell und geschickt griff er nach den Kartoffeln wie ein Waschbär nach seinem Futter. Er erzählte Ned, dass er an einem Artikel über die Geschichte der Kirchengemeinde arbeite, über alle Pfarrer, die vor ihm hier gewesen waren; manche von ihnen lagen auf dem kleinen Friedhof begraben. Nach einer Weile war Papa zu beschäftigt, um sich mit ihm zu unterhalten. Ned ging aus der Küche, stieg die Hintertreppe hinauf und dann, zu seiner eigenen Überraschung, auch noch die Speichertreppe.

Es war noch hell. Ned brauchte nicht an der langen Schnur zu ziehen, die von der Glühbirne an der Decke herunterbaumelte. Er schlängelte sich zwischen Kisten und Kästen hindurch bis zum Verschlag und blieb unter der Tür stehen.

Auf dem Etui des Luftgewehrs hatte sich Staub angesammelt. Ned konnte kaum glauben, dass er es jemals angerührt und das Gewehr herausgenommen hatte, dass er es die Treppe hinuntergetragen hatte, vorbei an Mrs. Scallop, die in ihrem Zimmer schlief, und dann damit zum Haus hinaus und bis zum alten Stall gegangen war.

Nach einigen Minuten trat er an das kleine Fenster und schaute hinaus. Der graue Himmel glänzte wie die Perle auf Papas Krawattennadel, die früher dem Großvater gehört hatte und nun in einer Samtschachtel auf Papas Kommode aufbewahrt wurde. Ein Hauch von Farbe hing zwischen den Ästen, gelblich und rosig. Unter dem Küchenfenster mussten jetzt bald die ersten Schneeglöckchen aus dem Boden kommen. Es lagen noch immer Schneereste, aber Ostern und die Osterferien rückten näher.

Am Ostersonntag würde es für die Kinder aus der Sonntagsschule eine große Ostereiersuche im Pfarrhausgarten geben. Am Ostersonntag würde auch Mama mit zur Kirche kommen. Papa trug sie dann immer ins Auto und in die Kirche, bis in die Sitzbank. Und Ned würde neben ihr sitzen wie immer, wenn Mama zur Kirche gebracht wurde, und sich vorstellen, sie könnte aufstehen und gehen wie die anderen Leute.

Papa verbrachte noch drei weitere Samstagnachmittage in der Gemeindebücherei, um in den alten Zeitungen von Waterville Material für seinen Artikel zu suchen. Vorher setzte er Ned am Altersheim ab und Ned besuchte Mr. Scully. Er überlegte sich, dass Mr. Scully der einzige Mensch war, den er wirklich gern besuchen wollte.

Er gewöhnte sich an den säuerlichen Wachsgeruch im Treppenhaus, aber er gewöhnte sich nicht an Mrs. Scallop in ihrer Tracht und mit ihrem Haarknoten.

Sie lächelte ihn zwar immer an, aber sie war doch noch genauso wie früher. Als Ned zum ersten Mal alleine kam, fragte sie ihn: »Na, was hast du mir denn Interessantes zu erzählen?«

»Die neue Tankstelle bei der Schule ist beinahe fertig«, antwortete Ned nach einem Moment.

Noch immer lächelnd, sagte Mrs. Scallop: »Willst du mich beleidigen, mein lieber Neddy?«

Ned bekam plötzlich Angst, dass sie ihn vielleicht nicht zu Mr. Scully hinaufgehen lassen würde, und er versuchte sich etwas einfallen zu lassen, was sie interessierte. Sie packte ihn am Arm. »Du kannst allein hinaufgehen, du kennst ja den Weg. Mrs. Scallop versteht Jungen, ob sie jung oder alt sind.«

Als Ned die Treppe hinaufging, fiel ihm etwas ein, was Mrs. Scallop bestimmt interessiert hätte: wie er vor Monaten eines Nachts mit einem Luftgewehr in der Hand an ihrer Zimmertür vorbeigeschlichen war. Bei dem Gedanken, ihr das zu erzählen, musste er grinsen, aber es war ein eher grimmiges Grinsen. Inzwischen war er ziemlich sicher, dass Mrs. Scallop an dem Abend nicht zum Fenster hinausgeschaut hatte; niemand hatte ihn heimkommen sehen.

Eine große Frau in Schwesterntracht stand neben Mr. Scullys Bett und hielt sein Handgelenk. Sie warf einen Blick auf Ned, lächelte und sagte: »Du musst Mr. Scullys Freund sein!«

Ned nickte. Sie sagte: »Ich bin Schwester Clara«, legte Mr. Scullys Hand sanft aufs Bett zurück und zog die Decke über seine Schulter. »Er wird sich freuen, dich zu sehen«, sagte sie noch und verließ das Zimmer.

Wie still Mr. Scully dalag! Ob etwas in seinem Innern

vielleicht herumrannte und versuchte hinauszugelangen? Worüber dachte er wohl nach?

Ned fiel ein Streich ein, den er Papa vor Jahren einmal gespielt hatte: Er hatte sein Kopfkissen unter die Bettdecke geschoben und war dann selbst unters Bett gekrochen. Und Papa, der wie jeden Abend kam, um das Abendgebet zu sprechen und ihn zuzudecken, hatte eine Weile auf das Kissen eingeredet – bis Ned das Lachen nicht mehr unterdrücken konnte. Da hatte er Papa am Fuß gepackt und war unter dem Bett hervorgekrochen. Papa hatte auch gelacht. Papa hatte viel gelacht, damals, ehe Mama krank wurde. Früher ahmte er Mamas Pferd nach und galoppierte durch das Esszimmer und machte Scherze, die beinahe so lustig waren wie die von Mama. Früher ging Papa alles so schnell von der Hand wie jetzt nur das Kochen. Früher hatte auch seine Stimme fast immer lebendig geklungen.

Ned ging um das Bett herum und sagte leise: »Guten Tag, Mr. Scully.« Er wartete einen Moment, dann fiel ihm wieder ein, dass der alte Mann ja nicht antworten konnte. Er schaute nur zu Ned auf und seine Augen waren so hell und lebhaft wie beim letzten Besuch. Trotzdem wirkte Mr. Scully irgendwie verändert, so als ob er noch tiefer im Bett versunken wäre.

»Ich geh jeden Tag nach der Schule bei Ihnen vorbei; jemand hat den Hof aufgeräumt«, berichtete Ned.

Mr. Scully blinzelte.

»Zuerst hab ich gedacht, die Katze ist tot«, sagte Ned und senkte die Stimme.

Mr. Scully bewegte den Kopf und das Kopfkissen knisterte. Er öffnete den Mund ein wenig.

»Sie ist nicht wieder in den Schuppen gekommen. Aber jetzt bin ich sicher, dass sie es war … diese Katze am Waldrand, die ich gesehen habe. Und sie hat was im Maul gehabt. Vielleicht hat sie es gelernt, mit bloß einem Auge zu jagen.«

Mr. Scully schaute über Neds Schulter hinweg. Ned fühlte sich leer. Er wandte den Kopf, um zu sehen, worauf Mr. Scully schaute. Es war nur die Geranie auf dem Fensterbrett, sie war braun und verstaubt, die Erde ausgetrocknet.

»Soll ich die Pflanze wegräumen?«, fragte Ned.

Mr. Scully stöhnte und blinzelte.

»Vielleicht wird Mrs. Scallop dann wütend«, meinte Ned.

Mr. Scully kniff die Augen zusammen, wie die Leute das machen, wenn sie lächeln. Ned hoffte, dass Mr. Scully wirklich lächeln wollte, und fügte hinzu: »Aber vielleicht wird Sie mit Ihnen nicht böse, weil Sie ihr keine Widerworte geben können.«

Das leere Gefühl kam wieder. Ned fing an von der Schule zu erzählen, was er gerade lernte und wie schwierig das Rechnen war. Im Stillen fand er, dass seine Stimme genauso klang wie in der Schule, wenn er aufgerufen wurde oder wenn ein Erwachsener ihn ausfragte. Ned war selbst überrascht, als er plötzlich abbrach und statt des Schulkrams vom Makepeace-Haus erzählte und davon, wie ihm zu Mute war, wenn er dort ganz allein auf der Veranda saß und über das Flusstal schaute. Bei diesem Thema fühlte Ned sich wohler, es interessierte ihn. Aber dann kam doch der Augenblick, in dem seine eigene einsame Stimme ihn bedrückte; es gab nur noch Schweigen und sonst nichts in dem kleinen Raum. Ned sagte Mr. Scully Auf Wiedersehen und versprach ihn wieder zu besuchen. Er nahm die vertrocknete Pflanze mit hinaus, auch wenn er nicht wusste, wohin damit. Aber Schwester Clara tauchte plötzlich aus einem anderen Zimmer auf und Ned hielt sie ihr wortlos hin. »Ich wollte sie schon den ganzen Tag wegtun und eine grüne Pflanze für Mr. Scully beschaffen«, sagte Schwester Clara.

Ned schaffte es, die Treppe hinunterzugehen und zur Haustür hinauszukommen, ohne Mrs. Scallop zu begegnen. Ein Glück!, dachte er und hörte noch immer das Echo seiner Stimme, wie oben in Mr. Scullys Zimmer. Er ging zu Papa in die Gemeindebücherei und fragte ihn: »Kommst du dir manchmal komisch vor, wenn du predigst und wenn du dich dann auf einmal selbst reden hörst und niemand antwortet dir?«

Papa sah ihn einen Augenblick nachdenklich an. »Manchmal«, sagte er dann. »Aber meistens denke ich doch, dass die Leute mir in Gedanken antworten.«

Ned sah ein, dass es bei Papas Predigten doch anders war als bei ihm, wenn er zu Mr. Scully sprach. Aber dann, als er darüber nachdachte, kam es ihm doch so vor, als hätte es bei ihm vielleicht auch ein bisschen nach Predigen geklungen, wie er dem alten Mann von der Schule und all dem Kram erzählte.

Am nächsten Samstag war Mr. Scully schwächer. Er blinzelte Ned kein einziges Mal zu; er schaute ihn nur aus halb geschlossenen Augen an. Schwester Clara hatte Ned gesagt, er solle nur kurz bleiben und leise sprechen, und so sagte Ned kaum etwas während der wenigen Minuten, die er neben Mr. Scullys Bett stand. Er hätte ihn gern berührt, ihm über die Schulter oder die blasse Wange gestrichen, aber er hatte Angst, es könnte den alten Mann erschrecken oder seine Haut würde sich so zerbrechlich und staubig anfühlen wie Mottenflügel.

Mrs. Scallop erwischte Ned, als er gerade zur Haustür hinauswollte. Sie hielt ihn am Arm fest und schüttelte bekümmert den Kopf.

»Ich fürchte, Mr. Scully wird nicht mehr lange bei uns sein«, sagte sie und zog Ned plötzlich an sich. Er riss sich sofort wieder los und Mrs. Scallop verkündete der Decke, dass die Wege des Herrn unerforschlich seien. Diese Worte hatte Ned in der Kirche schon oft gehört und er fand, sie passten überhaupt nicht auf Mr. Scully, aber ganz genau auf Mrs. Scallop.

Als Ned am darauf folgenden Samstag ins Altersheim kam, standen Schwester Clara und Mrs. Scallop in der Eingangshalle und sprachen miteinander. Die alte Dame mit dem riesigen Hörrohr, das wie ein Hirschgeweih aussah, kam gerade langsam die Treppe herunter. Schwester Clara bat Ned, nicht länger als fünf Minuten zu bleiben, und Mrs. Scallop fügte sofort scharf hinzu: »Und tu gefälligst, was Schwester Clara dir sagt!« Ihre Nasenflügel bebten. Ned ärgerte sich über ihre Ungerechtigkeit.

Dann stand er wieder neben Mr. Scullys Bett. Die Vorhänge am Fenster waren zugezogen; der alte Mann lag mit geschlossenen Augen da. Ned lauschte angestrengt, bis er sein langsames Atmen vernahm; jeder Atemzug war wie ein Seufzer.

»Mr. Scully?«, wisperte Ned.

Mr. Scullys Augenlider zuckten und öffneten sich. Seine Augen wirkten wie blind und richteten sich dann sehr langsam auf Ned.

»Ich weiß, Sie fühlen sich nicht gut, deshalb bleib ich nicht lange«, begann Ned. Ihm war schwindelig; Mr. Scully schien ihm genau ins Herz zu schauen.

»Mr. Scully…«, flüsterte Ned und wünschte verzweifelt, er wäre nicht gekommen. Irgendetwas stieß ihn vorwärts, er wusste nicht, wohin. Er hörte sein eigenes lautes Atmen. Der alte Mann lag reglos da, eingesperrt in sein geheimnisvolles Leiden. War er der gleiche Mensch, der neben Ned am Küchenfenster gestanden und sich so gefreut hatte, als die Katze mit einem Blatt spielte?

»Mr. Scully…«, begann Ned noch einmal. »Ich war's, ich hab auf die Katze geschossen.«

Am liebsten hätte er seine Worte wieder zurückgeholt. Von weit weg, irgendwo im Haus, hörte er Geräusche, die er wieder erkannte: das Klappern von Geschirr beim Tischdecken, das Rumpeln des Servierwagens. Im Zimmer selbst gab es keinen einzigen Laut. Ned konnte Mr. Scullys Atmen nicht mehr hören. Er fühlte sich völlig verlassen. Er sah wieder, wie damals, den verschwommenen Schatten über die Scheunenmauer huschen; er sah die Schatten der Gräser und des hohen Unkrauts, die der Vollmond an die Scheunenwand warf. Er sah das alles vergrößert, als ob seine Erinnerung ein Mikroskop wäre. Ned spürte wieder, wie er das Luftgewehr hielt, dessen Macht immer stärker wurde, und wie er den Finger krümmte, um abzudrücken. Er ächzte und schaute hinunter zu Mr. Scully. Der hatte den

Kopf ein wenig bewegt, Ned sah nun auch die andere runzelige Wange. Er schaute Ned in die Augen. Seine Lippen bewegten sich und dann schob seine Hand sich zögernd, unendlich langsam auf Neds Hand zu, die auf der Bettdecke lag.

Schwester Clara erschien unter der Tür und sagte leise: »Ned, das ist genug für heute.«

Ned rührte sich nicht. Er konnte es nicht, weil diese Hand so mühsam auf ihn zukam.

»Ned«, sagte Schwester Clara.

Er spürte Mr. Scullys Finger und dann lag seine ganze Hand auf Neds Hand. Ein leiser, kaum merklicher Druck, aber Ned spürte ihn doch. Mr. Scullys Kopf sank tiefer ins Kissen, seine Hand zuckte ein wenig, gab Neds Hand frei und lag dann wieder still auf der Bettdecke.

Ned stand auf und ging an Schwester Clara vorbei aus dem Zimmer. Er hörte ein Stöhnen und schaute sich um. Schwester Clara beugte sich über die kleine Gestalt im Bett und verbarg sie vor Neds Blick.

Ned ging zur Gemeindebücherei. Unterwegs betrachtete er seine Hand, als ob sie auch sprechen könnte, seit Mr. Scully sie berührt hatte. Endlich hatte er jemand erzählt, dass er auf die Katze geschossen hatte. Mr. Scully konnte nicht mehr sprechen, aber er hatte seine Hand gedrückt. Und das hätte er sicher nicht getan, wenn er der Meinung gewesen wäre, er, Ned, sei wirklich schlecht. Mr. Scully hatte versucht, ihn zu trösten; er hatte verstanden, dass Ned litt. Was hätte er gesagt, wenn er noch sprechen könnte? Bei Mr. Scully hatte Ned nicht lügen müssen, so wie daheim. Er hatte nur ein paar Sachen weggelassen, die er über die Katze wusste. Nun musste Mr. Scully sterben und er ließ Ned allein auf der obersten Sprosse seiner Leiter aus Lügen zurück und die Leiter lehnte sich ans Nichts.

In der Gemeindebücherei saß Papa an seinem gewohnten Platz, ein paar aufgeschlagene Bücher lagen vor ihm.

»Ned, was ist los mit dir? Fühlst du dich krank?«, fragte er besorgt.

Ned war noch nie zuvor aufgefallen, wie tief die beiden Kerben in Papas Mundwinkeln waren. An einem anderen Tisch raschelte jemand mit einer Zeitung. Vom Fenster neben dem Schreibtisch der Bibliothekarin konnte man auf die Straße hinunterschauen, die am Fluss entlanglief. Ned mochte diese Straße und ihren Geruch von Flusswasser, Schiffen und Öl. Einmal, als er noch kleiner gewesen war, hatte er beim Gehen vor sich hin geschaut und seine Füße beobachtet und dabei Papas Hand losgelassen; dann, nach einem Augenblick, hatte er wieder danach gegriffen. Erst als er Papa etwas sagte und dabei zu ihm aufschaute, hatte er gemerkt, dass ein fremder Mann ihn an der Hand führte. Aber der Fremde lächelte ihn an und Papa, der vor dem Frisörladen stehen geblieben war, lachte herzlich, als Ned sich nun nach ihm umschaute. Alle Leute, die Ned beobachtet hatten, lachten und dann lachte Ned mit. Von da an mochte er die Straße am Strom auch deshalb, weil er sich dort sicher fühlte, weil er dort nach jeder Hand greifen konnte und jeder ihn kannte.

»Geht es Mr. Scully schlechter?«, fragte Papa weiter.

Ned nickte. Tränen stiegen ihm in die Augen. Papa zog das große, weiße Taschentuch aus seiner Brusttasche und hielt es Ned hin. Ned wischte sich die Tränen ab und Papa stand auf und legte den Arm um seine Schulter. Dann gaben sie der Bibliothekarin die Bücher zurück und gingen. Auf den Stufen vor der Haustür blieben sie einen Augenblick stehen. Der Märzwind schien heute nicht nur nach Fluss, sondern auch nach Schneeglöckchen zu duften. Zwischen Wolkenfetzen schaute blasser Himmel hervor. Ned erinnerte sich plötzlich an die Zigeuner, die er im letzten Oktober auf der Landstraße gesehen hatte: an die kräftigen, grellen Farben ihrer Kleidung und an ihre lebendigen, dunklen Gesichter, die so gleichmütig und gelassen aussahen, als ob sie ihre Wohnwagen durch einen Traum lenken würden. Ned wünschte, er könnte sie jetzt auch sehen.

Als sie im Auto saßen, meinte Papa: »Ich glaube, ich hätte dich lieber nicht zu Mr. Scully gehen lassen sollen. Ich wusste, dass er sich nicht wieder erholen würde. Er hat ein langes, langes Leben hinter sich, das musst du bedenken, Ned, und nun ist er ein sehr alter Mann.«

Der Motor brummte und Ned wünschte, Papa würde endlich abfahren.

»Ich bin stolz auf dich, Ned, weil du dich um Mr. Scully kümmerst«, sagte Papa.

Ned drückte sich tiefer in den Autositz.

»Wenn du größer bist, wirst du auch entdecken, dass die Menschen sich oft nicht so verhalten, wie sie es eigentlich sollten. Doris war keine sehr gute Tochter; und wenn sie ihre Pflicht getan hat, dann nur missmutig. Deine Besuche sind Mr. Scully bestimmt ein Trost.«

Ned wurde plötzlich so wütend, dass er am liebsten gebrüllt hätte: »Ich bin bloß wegen der Katze zu ihm gegangen!«

Aber das stimmte ja gar nicht! Das war nur ein Teil der Wahrheit.

Früher hatte Ned einmal ein kleines Kästchen besessen, das man abschließen konnte. Er nannte es seinen Safe und bewahrte darin Geheimnisse auf: Da war ein kleines Glas für den Kommunionwein, das er einmal in der Kirche heimlich eingesteckt hatte; daraus hatte er gern Wasser getrunken. Da war ein Stein, der bestimmt eine indianische Pfeilspitze gewesen war. Und es gab einen Zettel aus der Zeit, als er gerade schreiben gelernt hatte. Darauf stand: »Was ist ein Heiliger Geist?«

Nun war Mr. Scully sein Safe und bewahrte das größte Geheimnis, das er jemals gehabt hatte.

Aber er besuchte Mr. Scully nicht bloß wegen des Geheimnisses mit der Katze. Der wirkliche Grund war Mr. Scully selbst. Ned kannte ihn so gut, seine Gewohnheiten, die Art, wie er seine Arbeiten erledigte, seine Bewegungen, wenn er Brot buk oder ruck, zuck im Küchenherd ein Feuer anzündete. Ned kannte sein Lächeln, wenn er sich ein bisschen Rum in den Tee schüttete und ihm dabei zublinzelte. Er kannte seine Geschichten, die Erinnerungen aus einem langen Leben.

Ned warf einen Blick auf Papa. »Ich hab mal einen Kommunionbecher gestohlen«, sagte er.

»Ich weiß«, sagte Papa. »Damals warst du noch ziemlich klein. Ich erinnere mich, dass du einmal spätabends im Bad Wasser daraus getrunken hast.«

»Warum hast du nichts gesagt?«

Papa grinste plötzlich. »Wenn es dir zur Gewohnheit geworden wäre, dann hätte ich bestimmt was gesagt.«

Evelyn öffnete ihnen die Haustür und dahinter stand schon Mrs. Kimball in ihrem braunen Sonntagskleid mit dem kleinen gehäkelten Spitzenkragen.

»Was ist los?«, fragte Papa sofort.

»Ihre Frau hat schreckliche Schmerzen«, antwortete Mrs. Kimball. »Ich hab ihr …«

Papa rannte schon die Treppe hinauf.

Ned spürte, wie Evelyn ihn anstarrte.

»Ned, auf dem Herd steht ein Topf Suppe für das Abendessen. Und frisches Brot habe ich euch von daheim mitgebracht«, sagte Mrs. Kimball.

»Deine Mama hat geweint, ohne dabei ein Geräusch zu machen«, sagte Evelyn mit großen Augen.

»Evie, siehst du nicht, dass Ned sich Sorgen macht? Lass ihn in Ruhe!«, rief Mrs. Kimball.

Auch Ned lief nach oben, vorbei an dem bunten Glasfenster, das seine weinroten, zitronengelben und himbeerrosa Farbflecken auf den Treppenabsatz warf. Der große Spiegel oben war um diese Tageszeit dunkel wie ein Brunnenschacht. Papa trug Mama vom Rollstuhl zum Bett. Sie drückte sich an ihn und hatte die Beine und die Arme angezogen, als ob sie verknotet wären. Papa legte sie vorsichtig auf das Bett. Dann kam er und schloss die Tür, ohne Ned zu sehen, der davor stand.

Ned lief aus dem Haus, die Wiese hinunter bis zu der niedrigen Feldmauer. Dort setzte er sich auf einen großen Stein, der herausgefallen war. Über ihm knarrten die kahlen Nussbaumäste im Wind. Einmal hörte er aus der Ferne eine Glocke schlagen.

Endlich gingen im Wohnzimmer die Lichter an. Von seinem Platz an der Feldmauer sah das Haus wie ein fernes Schiff aus. Ned sagte sich, dass er jetzt heimgehen konnte. Wenn Papa unten war, ging es Mama entweder besser oder sie war eingeschlafen; vorher ließ Papa sie nie allein, das wusste Ned.

Als Ned ins Haus kam, stand Papa vor dem Tisch neben der Garderobe und starrte auf einen Brief, der dort lag. Papa sah erschöpft und angespannt aus. »Ich hab die Post nicht aufgemacht«, sagte er geistesabwesend. Ned schaute ihn nur stumm an. Plötzlich lächelte Papa und sah Ned an, als ob er gerade aufgewacht wäre.

»Es geht ihr wieder besser, Neddy. Um diese Jahreszeit ist es immer so feucht und das bekommt ihr nicht. Dazu noch dieses alte Haus, das sich so schlecht heizen lässt. Mama ist wach, du kannst zu ihr gehen. Mrs. Kimball hat doch was von Suppe gesagt…« Papa steuerte zerstreut auf die Küche zu.

»Papa, du hast vergessen, deinen Mantel auszuziehen«, rief Ned ihm nach.

Sein Vater schaute an sich herunter: »Tatsächlich…«

Ned lief schnurstracks zu Mama hinauf. Sie saß, auf mehrere Kissen gestützt, im Bett.

»Ned, schau nicht so ängstlich drein«, sagte sie sanft. »Jetzt geht es mir schon wieder besser. Du weißt doch, dass es bei dieser Krankheit immer auf und ab geht. Aber ich glaube, es gibt eine hoffnungsvolle Neuigkeit. Papa hat von einer neuen Behandlung gelesen und schon mit Doktor Nevins darüber gesprochen. Dabei werden Goldsalze eingespritzt, die können die Entzündung verringern. Die Entzündungen sind das, was wehtut, weißt du.«

»Tut's dir jetzt weh?«

»Es ist nicht so schlimm«, sagte Mama. Da wusste Ned, dass sie noch immer Schmerzen hatte.

Papa kam herein und legte einen Brief auf Mamas Bettdecke. »Jetzt schau dir an, wo Hilary gelandet ist: in Hawaii!«, sagte er und ging wieder in die Küche, um die Suppe für das Abendessen aufzuwärmen.

»Mach du den Brief auf, Ned«, sagte Mama.

Ned zog drei Briefbogen aus dem Umschlag. Ein Brief war an ihn gerichtet, darunter war ein seltsames Schiff gezeichnet, wie Ned noch nie eines gesehen hatte. Er hielt Mama die beiden anderen Bogen hin, aber sie griff nicht danach und ließ die Hände unter der Bettdecke. »Ich kann noch nichts halten«, sagte sie.

Onkel Hilary schrieb:

Lieber Ned,
das hier ist eine chinesische Dschunke. Schau dir nur an, wie hoch das Deck ist! Beinahe wie bei einem Frachtsegler aus dem 16. Jahrhundert. Die meisten Dschunken haben leuchtend rote Segel und sehen aus wie wunderschöne, prächtige Schmetterlinge. Ich werde mit solch einer Dschunke über das Chinesische Meer segeln. Ich wollte, du wärst mit dabei!

Ned zeigte Mama die Zeichnung. »Ich würde so ein Schiff gern einmal den Fluss hinaufsegeln sehen«, sagte sie und lächelte ihn an. Aber Ned spürte, dass das Lächeln sie Mühe kostete und er jetzt besser gehen sollte. Er nahm Onkel Hilarys Brief, um ihn Papa zu bringen. Mama bedankte sich und sagte, sie wolle jetzt ein wenig schlafen.

Mrs. Kimballs Suppe schmeckte nicht gerade großartig, aber sie machte satt. Beim Essen berichtete Papa, was Onkel Hilary geschrieben hatte: Er wollte die Leprakolonie auf der Insel Molokai bei Hawaii besuchen, wo der berühmte Pater Damien bei den Leprakranken gelebt hatte. Anschließend wollte Onkel Hilary mit einem Schiff bis Hongkong fahren und von dort mit einer Dschunke weitersegeln.

Es war das erste Mal, dass Ned sich nicht besonders für Onkel Hilarys Reisen interessierte. Er musste sowieso schon ständig über Krankheit und Unglück nachdenken, über Mamas und Mr. Scullys Leiden; er konnte sich nicht auch noch über eine Kolonie von Leprakranken Sorgen machen.

»Worüber predigst du morgen, Papa?«, fragte Ned und versuchte dabei, sich irgendetwas einfallen zu lassen, damit er morgen nicht in die Kirche musste.

»Über einen Vers aus einem Brief des heiligen Paulus an die Philipper: ›Tue alle Dinge ohne Missmut und Zweifel, damit du rein und unschuldig bist‹…« Papa brach plötzlich ab, griff über den Tisch nach Neds Hand und sagte: »So, wie du es tust, mein lieber Ned.«

Beinahe hätte Ned jetzt Papa alles erzählt. Er platzte fast von all dem, was er verheimlicht hatte und was nun von innen gegen seine zusammengepressten Lippen drückte, während er auf das Kamel in seiner Glaswüste auf dem Lampenschirm starrte. Aber er schwieg doch und dann stand Papa auf, räumte den Tisch ab und richtete in der Küche das Tablett für Mama her. Dabei pfiff er leise vor sich hin, wie er es oft nach einem besonders anstrengenden Tag tat.

175

Am nächsten Mittwoch kam Doktor Nevins und begann mit der neuen Behandlung, die man Chrysotherapie nannte, Goldtherapie. Das Einzige, was ihr daran nicht gefiele, sei, dass sie nach der Spritze nicht am Fenster sitzen dürfe, weil das Licht die Haut blau verfärben könne, erzählte Mama Ned hinterher. Außerdem verursachten die Goldsalze ein Brennen und Jucken im Mund.

»Aber das macht alles gar nichts! Schau mal…« Mama legte die Hände flach auf das Tischchen an ihrem Rollstuhl und streckte die Finger. »Ich fühle mich so weich und geschmeidig wie Seide, Neddy. Vielleicht kann ich am Ostersonntag sogar auf meinen eigenen Beinen in die Kirche hineingehen. Stell dir nur einmal die Wirkung auf den Chor vor! Vielleicht singen sie dann vor Schreck einmal richtig!«

Es erstaunte Ned, dass Mama so glücklich aussah. Er war nie auf den Gedanken gekommen, dass Mama unglücklich sein könnte, außer natürlich dann, wenn sie schlimme Schmerzen hatte. In Gedanken verglich Ned Mama manchmal mit einer Zuschauerin bei einem Festzug, die manchmal ernsthafte und manchmal witzige Bemerkungen über die Marschierer machte. Jetzt strahlten ihre Augen und sie lächelte. Jetzt schien sie sich mitten in den Festzug hineingestürzt zu haben und war keine Zuschauerin mehr. Das machte Ned ein wenig Angst.

Mama nahm seine Hand und Ned spürte, wie ihre Hände heute nicht entzündet glühten; sie waren einfach warm und sie konnten ihn halten. »Ned, Ned, nimm das Gute, so wie es kommt«, murmelte sie. »Wir müssen versuchen, keine Angst zu haben.«

Ned versuchte es und deshalb sagte er Papa am Samstag,

dass er Mr. Scully besuchen wolle, auch wenn er nur eine Minute bei ihm bleiben dürfe.

»Bist du sicher, Ned?«, fragte Papa. »Letzten Samstag warst du sehr unglücklich nach dem Besuch. Vielleicht ist es besser, ich rufe Mrs. Scallop an. Und wenn es ihm besser geht, fahre ich dich nächste Woche an einem Nachmittag nach der Schule hin.«

Aber Ned spürte, dass sein Mut nicht bis irgendwann nächste Woche reichen würde; er musste Mr. Scully heute besuchen. Er sah ihn plötzlich vor sich, wie er so klein und dünn geworden war, dass sich sein Körper nicht einmal mehr unter der abgewetzten weißen Bettdecke abzeichnete. Doch zu Papa sagte Ned nur, Mr. Scully erwarte ihn bestimmt. Da setzte Papa ihn vor dem Altersheim ab und fuhr dann weiter zur Gemeindebücherei.

Die große Eingangshalle war leer. Im Aufenthaltsraum saß eine alte Frau, der Mrs. Scallop gerade den Kleiderärmel glatt zog und am Handgelenk zuknöpfte. Sie bemerkte Ned, aber sie sah durch ihn hindurch, machte weder ein finsteres noch ein freundliches Gesicht. Ned kam sich vor, als ob er unsichtbar wäre und wurde unsicher. Sollte er einfach so hinaufgehen?

»Ned!« Schwester Clara stand unter der Tür zum Büro und gab ihm ein Zeichen, zu ihr zu kommen. Dann strich sie ihm übers Haar und sagte leise: »Dein alter Freund hat uns verlassen.«

Ned sah sie verständnislos an.

»Mr. Scully ist im Schlaf gestorben«, sagte Schwester Clara. »Schon am Montag.«

Ned rührte sich nicht. Er steckte in seiner eigenen Stille

wie in schützendem Schlaf. Dann schüttelte er die Stille ab und fragte: »Hat es ihm wehgetan, das Sterben?«

»Nein, ich glaube nicht«, sagte Schwester Clara.

Mrs. Scallop kam in die Eingangshalle, warf Schwester Clara verstohlen einen fragenden Blick zu, den Ned jedoch bemerkte, und setzte dann ein kummervolles Gesicht auf.

»Armer Ned. Ich weiß, wie dir zu Mute ist.«

Jetzt wusste Ned, warum sie eben so getan hatte, als sähe sie ihn nicht. Sie hatte es Schwester Clara überlassen, ihm zu sagen, dass Mr. Scully tot war. Ned wurde plötzlich klar, dass Mrs. Scallop nicht nur dumm und unberechenbar war, sondern auch feige. Sie hatte sich nicht getraut, ihm zu sagen, was passiert war.

Schwester Clara sagte Ned noch, dass ein entfernter Verwandter von Mr. Scully aufgetaucht sei und am Begräbnis teilgenommen habe. Mrs. Scallop stand daneben, die Hände über dem Bauch gefaltet, und starrte Ned an.

Dann musste Schwester Clara hinaufgehen und sich um die Patienten kümmern. Vielleicht um jemand, der jetzt in Mr. Scullys Zimmer lag, dachte Ned. Mrs. Scallop sagte: »Ich weiß, du bist bloß wegen Mr. Scully gekommen, aber ich hoffe, du kommst uns jetzt auch besuchen.«

»Ich muss gehen«, sagte Ned, ohne sie anzuschauen.

»Ich sehe, du weinst nicht mal wegen dem alten Mann«, sagte Mrs. Scallop. »Du bist ein vernünftiger Junge! Was hat es für einen Zweck, zu weinen, wenn die Leute weggestorben sind?«

Ned schwieg. Als er Mr. Scully auf dem Fußboden gefunden hatte, bewusstlos und mit ausgebreiteten Armen, da hatte ihn der Kummer um Mr. Scully niedergedrückt.

Von diesem Augenblick an hatte Ned damit gerechnet, dass er bald sterben musste, und er hatte um ihn getrauert. Es war sinnlos, das Mrs. Scallop zu erklären. Wahrscheinlich konnte man ihr überhaupt nichts erklären; sie war in ihrer eigenen Meinung eingesperrt wie in einem Gefängnis. Ned sagte »Auf Wiedersehen!« und rannte zur Haustür hinaus.

»Das sieht Mrs. Scallop ähnlich, dass sie mich nicht angerufen hat«, sagte Papa, als Ned zu ihm in die Bücherei kam und berichtete, dass Mr. Scully tot und schon begraben war.

»Er hat alle seine Sachen aufgeräumt und aussortiert. Ich hab ihm alle Schachteln und die Reisetasche vom Speicher geholt«, erzählte Ned Papa.

»Du hast ihn viel besser gekannt als ich, Neddy«, sagte Papa. »Er hat immer so allein gelebt und schien gar keine Gesellschaft haben zu wollen.«

Das stimmte, dachte Ned. Mr. Scully war *sein* Freund gewesen und dieser Gedanke tröstete ihn. Zusammen hatten Mr. Scully und er für die verwundete Katze gesorgt, so gut sie konnten, und zum Schluss hatte Ned Mr. Scully doch noch gesagt, was er getan hatte. Wenn Mr. Scully nur wüsste, was sein Händedruck Ned bedeutet hatte! Ned seufzte laut. Wenn er nur wüsste, was Mr. Scully gesagt hätte, wenn er noch hätte sprechen können. »Manche Jungen tun so was«, hatte der alte Mann bemerkt, als sie die Katze zum ersten Mal zusammen durch das Küchenfenster beobachtet hatten.

Ned versuchte sich zu erinnern, wie Mr. Scullys Stimme dabei geklungen hatte. Nicht ärgerlich, auch nicht ent-

179

täuscht, eigentlich eher so, wie man über das Wetter spricht, über etwas, das nicht immer erfreulich, aber eben nicht zu ändern ist.

In der nächsten Woche wimmelte es von Handwerkern an Mr. Scullys Haus und sie beseitigten die letzten Spuren seiner Gegenwart. Sie rissen die verrotteten Schindeln vom Dach, strichen die Holzverschalung des Hauses frisch an, vergrößerten den Holzschuppen, sodass ein Auto hineinpasste. Ned sah auch Mr. Kimball dort arbeiten; er setzte ein neues Küchenfenster ein.

Die neue Tankstelle bei der Schule war nun auch fertig und Mr. Kimball fand dort Arbeit. Nebenbei wollte er weiter als Zimmermann arbeiten, damit er noch etwas dazuverdiente. Das erfuhr Ned von Evelyn, als sie ihm erklärte, wieso sie auf einmal neue Schuhe besaß. Sie machte den ganzen Heimweg von der Schule ein Riesentheater mit ihren neuen Schuhen, weil der Weg vom Frühlingsregen so nass und schlammig war.

Und noch eine große Neuigkeit gab es: Billy würde im Mai fortziehen. Sein Vater hatte Arbeit in einer Baufirma gefunden, weit weg von Tyler. Die Zeiten würden zwar allmählich etwas besser, aber es sei noch immer sehr schwer, Arbeit zu finden, und wenn sich irgendeine Chance biete, dann müsse man zugreifen, hatte Billys Vater gesagt. Zum ersten Mal erzählte Billy auch von seinem Bruder, der Kinderlähmung hatte; immer musste der Arzt zu ihm kommen und das kostete schrecklich viel Geld. Ned tat es sehr Leid, dass Billy fortging; sie waren dabei gewesen, Freunde zu werden.

Alle gingen fort. Mr. Scully war tot; Billy zog fort; Onkel

Hilary segelte auf einer Dschunke irgendwo über das Chinesische Meer. Sogar Evelyn verschwand sozusagen, denn sie verwandelte sich in eine andere Evelyn, die sich das Haar ordentlich bürstete, auf ihre neuen Schuhe Acht gab und manchmal so geziert lächelte, als ob sie sich ein Erwachsenengesicht aufsetzen wollte.

Eines Nachts, ein paar Tage vor Ostern, wachte Ned auf, weil im Flur vor seiner Tür die Dielen knarrten. Er stand auf, schlich hinaus, lauschte und hörte Schritte auf der Treppe. Ned lehnte sich über das Geländer und erkannte im Dunkeln einen weißen Umriss; es war Mama. Ned rief sie nicht. Er dachte, dass sie sicher lieber allein im Haus herumlief, so wie er es auch oft machte.

Es war ein seltsames Gefühl: Sie waren beide mitten in der Nacht wach und auf und sprachen doch nicht miteinander. Im Kloster schliefen die Mönche, bis die Glocke sie zum Morgengebet rief. Bei den Kimballs lag Bobby zusammengerollt in seiner Hundehütte und Patrick, das jüngste Baby, in der knarrenden alten Wiege, die von einem Kind an das andere weitergegeben wurde.

Im Wald aber schliefen nicht alle Tiere. Die Eulen waren auf der Jagd und vielleicht auch die verwilderten Katzen. In der Erde selbst wurde es allmählich warm, sie steckte voller krabbelnder, kriechender lebendiger Geschöpfe.

Zum ersten Mal seit vielen Wochen dachte Ned an das Luftgewehr auf dem Speicher. Ein starker Wunsch überfiel ihn, hinaufzugehen und es sich anzuschauen. Papa hatte gesagt, in einem oder zwei Jahren dürfe er es haben. Es war *sein* Luftgewehr.

Ein Schauder durchlief ihn so heftig, dass er sich am Treppengeländer festhalten musste. Papa hatte noch etwas gesagt: Ein Gewehr tauge nur dazu, ein lebendiges Geschöpf zu verletzen oder zu töten, zu Mord und Totschlag.

Ned ließ das Geländer los und ging schnell zurück in sein Zimmer. Er zog sich Hemd und Hose über den Schlafanzug an. Sein einziger Gedanke war, aus dem Haus zu gehen, so weit wie möglich weg vom Speicher.

Als er angekleidet war, nahm er seine Schuhe in die Hand und lauschte oben an der Treppe. Er konnte nichts hören. Mama musste noch auf sein, sonst hätte er gehört, wie sie zurück in ihr Zimmer gegangen war. Vielleicht war sie in der Küche und machte sich eine Tasse Tee.

Er konnte nur daran denken, dass er fortwollte, als er die Treppe hinunterschlich und vorsichtig die Haustür öffnete. Es fiel Ned nicht einmal auf, was für ein seltsamer Einfall es war, seine Mutter könnte sich nachts Tee kochen.

Draußen brauchte er sich nicht lange zu überlegen, wohin er wollte. Es war, als ob er geführt würde. Er ging nach Süden, durch den Ahornwald, zum Makepeace-Haus, wo die Verandasäulen weiß im Mondlicht leuchteten.

Katzenmond

Ned fror. Er trug einen Pullover und die dunkelblauen Knickerbocker, die er immer in die Schule anzog, aber er hatte vergessen, seine Kniestrümpfe anzuziehen und war barfuß in die Schuhe geschlüpft. Nun spürte er an den nackten Gelenken die Feuchtigkeit des nebligen Dunstes, der wie dünner Rauch über dem Boden hing. Das Mondlicht glitzerte auf dem Strom und schnitt einen breiten Pfad durch die Schwärze der Nacht. Wie ein ausgefranster Teppich lag es auf den Verandabrettern.

Ned setzte sich auf die alte Korbbank, legte einen Arm über die gerundete Lehne und spürte durch den Pullover ein paar raue Enden der Weidenruten, die sich aus dem Geflecht gelöst hatten. Er lehnte den Kopf an die Hauswand; die Holzverkleidung fühlte sich trocken und ein wenig warm an, als ob den ganzen Tag die Sonne darauf geschienen hätte. Seine Augen gewöhnten sich allmählich an die Dunkelheit. Er konnte am Waldrand einzelne Bäume unterscheiden und in ihrem Schatten, den das Mondlicht auf den Boden warf, entdeckte er hie und da weißliche Flecken, vielleicht frühe Immortellen.

Nun war er ganz ruhig; seine Gedanken schwebten wortlos dahin. Er spürte den kräftigen Geruch der schwarzen Frühlingserde, den Duft von jungem Gras und Wild-

blumen. Unten auf dem Hudson blinkten die Positions-
laternen eines Schiffes und Ned stellte sich vor, er würde
auf dem Deck stehen und die Drachenschwänze aus
Mondlicht auf dem Wasser beobachten. Er stand auf und
ging über die Veranda, die Bohlen knarrten unter seinen
Schritten, das ganze alte Haus schien sich zu bewegen. Von
Norden sprang eine Brise auf, strich wie ein einzelner
Atemzug einmal über die Wiese hin, hauchte den Dunst
weg und war verschwunden. Sein Haus schien weit weg
zu sein und das Luftgewehr auf dem Speicher so ge-
wichtslos wie ein Schatten. Ned kehrte um. Vom Waldrand
her kam jemand auf das Haus zu. Er hielt den Atem an. Die
Gestalt war schon vor der Veranda und hob einen Arm.

»Neddy?«

»Mama!«

Mama hatte sich in ihren alten Tweedmantel gewickelt,
der bis zu den Knöcheln hinabreichte. Sie setzten sich zusammen auf die Korbbank.

»In Indien nennt man so einen Mond ›Katzenmond‹ und
sagt, er sei schuld, wenn man nicht schlafen kann«, sagte
Mama mit leiser Stimme.

»Ich bin auch immer wacher geworden«, sagte Ned.

»Eben, als wir nebeneinander gestanden haben, da habe
ich zum ersten Mal bemerkt, dass du schon so groß bist wie
ich«, sagte Mama. »Ist dir das auch aufgefallen?«

Ned war es nicht aufgefallen; es kam ihm nur irgendwie
seltsam vor, nicht zu Mama hinunterzuschauen, nicht nur
vor allem ihr Haar und ihre Stirn zu sehen.

»Ist das gut für dich, wenn du draußen herumgehst?«,
fragte Ned.

»Ach, sicher«, sagte Mama. »Und wenn es nicht gut wäre, dann hätte ich's trotzdem getan. Es ist so wunderbar...«

»Wird diese neue Medizin deine Krankheit heilen?«

»Sie hat mir Ferien davon verschafft. Doktor Nevin weiß noch nicht, wie das Mittel auf die Dauer wirkt. Wir müssen abwarten.«

Sie sprachen mit sehr leisen Stimmen, wie es sich in der Stille der Nacht gehörte.

»Ich glaube, da drüben wächst Hainampfer«, sagte Ned.

»Du hast dir den Namen gemerkt!«

»Und frühe Immortellen.«

Mama meinte, die Namen seien schon so hübsch, dass man die Blumen nicht unbedingt auch noch sehen müsse.

»Am Ostersonntag wirst du selbst in die Kirche hineingehen können«, sagte Ned.

»O ja, das hoffe ich auch.«

»Vielleicht haben die Leute von Makepeace auch manchmal hier gesessen, so wie wir jetzt«, sagte Ned.

»Wahrscheinlich. Der Frühling weckt die Leute auf. An so einem Abend sind die Geschwister vielleicht auf der Wiese herumgerannt und haben Fangen gespielt. Diese Luft... sie bringt einen dazu, dass man am liebsten herumrennen möchte...«

»Und dann sind die Brüder in den Krieg gezogen und die Deutschen haben sie erschossen«, sagte Ned.

»Sie sind mit Gewehren in den Krieg gezogen und haben auch auf andere Menschen geschossen und niemand weiß, wie viele sie getötet haben, ehe sie selbst getötet wurden«, sagte Mama. Sie berührte seinen Arm. »Vielleicht sind wir zu schwer für diese alte Bank? Ich hab sie ganz deutlich knacken gehört.«

Sie standen auf und gingen nebeneinander über die Veranda.

»Ich vermisse Mr. Scully«, sagte Ned.

Mama schwieg einen Augenblick, blieb stehen, lehnte die Stirn an eine dunkle Fensterscheibe und schaute hinein.

»Niemand da ...«, murmelte sie. Dann nahm sie einen Augenblick Neds Arm und sagte: »Wir müssen alle eines Tages fort, Ned.«

Die Bedeutung ihrer Worte, die sie so ruhig, beinahe schüchtern ausgesprochen hatte, ging Ned langsam auf, so wie manchmal der Schlaf kommt. Manchmal sagte er sich: Jetzt schlaf ich ein, aber dann schlief er doch noch nicht ein, sondern wartete darauf und war dann auf einmal wie weg. So sagte er sich jetzt: Ich verstehe, was Mama gesagt hat, wir müssen alle eines Tages fort, wir müssen, wir müssen ... Und in diesem Augenblick, als der Kummer darüber in seinem Hals steckte wie ein Keil und ihm die Luft nahm, in diesem Augenblick kam vom Waldrand eine Katze daher und spazierte ins Mondlicht auf der Wiese.

»Schau mal!«, flüsterte Ned.

Eine zweite, kleinere Katze folgte. Sie sprangen hoch und umeinander herum, sie fielen übereinander, wälzten sich, liefen aufeinander zu und wieder davon, wie beim Fangenspielen; sie verschwanden im Schatten und hüpften wieder ins Mondlicht.

»Sie tanzen«, hauchte Mama.

Ned trat von der Veranda und ging ein paar Schritte den Wiesenhang hinab. Die erste Katze legte den Kopf auf die

Seite und schaute zu Ned herüber, aber die kleinere lief zum Waldrand.

»Mama, da drüben bei der Silberfichte! Da sind zwei junge Kätzchen!«

Mama lachte leise. »Wie nett! Eine Katzenfamilie geht spazieren. Da haben wir wirklich einen Katzenmond.«

Die dunklen, kleinen Gestalten der jungen Kätzchen verschwanden. Nur die erste Katze stand noch immer da und schaute zu Ned herüber. Er kauerte sich hin, damit er das Tier besser sehen konnte. Es *war* die einäugige Katze. In der nächsten Sekunde machte sie plötzlich einen Satz und war verschwunden.

»Wir müssen heimgehen«, sagte Mama. »Es kommt Wind auf, wir werden uns erkälten.«

Ned richtete sich auf. Der Mond stand nun hinter dem Haus, dessen Schatten wie eine Decke über dem Boden lag.

Mama kam von der Veranda. Sie gingen zu den Ahornbäumen hinüber. Es war dunkler geworden, Mama stützte sich auf Ned, als sie über die schon seit langem eingesackte Feldmauer stiegen, die das Grundstück der Familie Wallis vom Landhaus Makepeace abgrenzte.

»Die erste, große Katze hat bloß ein Auge gehabt«, sagte Ned schnell. »Ich hab auf sie geschossen, deshalb.«

Mama blieb stehen. »Ned?«, sagte sie fragend, als ob sie nicht sicher sei, dass er gesprochen hatte.

»An dem Tag damals, als Onkel Hilary da war und mir das Luftgewehr geschenkt hat und Papa es gleich auf den Speicher gebracht hat, bin ich spät am Abend hinaufgegangen und hab es mir geholt. Ich bin zum alten Stall gegangen, da hat sich was bewegt und ich hab darauf gezielt und geschossen. Dann ist diese einäugige Katze zu Mr. Scully gekommen und wir haben sie gefüttert. Dann ist sie sehr krank geworden und wäre beinahe gestorben, aber sie hat es doch überstanden und sich wieder erholt. Und dann ist Mr. Scully krank geworden. Ich bin jeden Tag nach der Schule hingegangen und hab die Katze gefüttert, hinten im Holzschuppen. Aber auf einmal ist sie nicht mehr gekommen. Später hab ich sie dann einmal drüben beim Makepeace-Haus gesehen, so wie heute, aber allein.«

Die Stille rundum war gewaltig. Ned stellte sich vor, dass alle Geschöpfe, die im nächtlichen Wald herumliefen und krabbelten und schlichen, ihm zuhörten. Er konnte Mamas Gesicht nicht sehen; sie stand so still da wie ein Baum.

»Es war die gleiche Katze, die wir eben gesehen haben, die immer zu Mr. Scully gekommen ist. Eine einäugige Katze.«

»Jemand anderes oder etwas anderes kann sie verletzt haben. Du kannst das nicht sicher wissen, ob du es wirklich warst«, sagte Mama.

Ned überlegte einen Augenblick. Dann sagte er: »Vielleicht. Aber ich habe auf etwas geschossen. Ich habe gewusst, dass es lebendig ist. Und es war mir egal, als ich mit dem Gewehr auf das gezielt habe, was sich da bewegt hat, Mama.« Er war überrascht, wie laut und sicher seine Stimme klang. Ned fühlte sich wie am Boden angewachsen, Mama nahm ihn bei der Hand und zog ihn ein wenig. Er hielt sich an ihrer Hand fest und sie gingen zusammen zum Haus hinüber. Unter dem Ahornbaum, auf dessen unterem Ast Ned so gern schaukelte, blieb Mama wieder stehen.

»Ich hab dich an dem Abend gesehen«, sagte sie. »Ich war aufgewacht und merkte, dass ich ein bisschen gehen konnte. Du weißt, wie glücklich ich immer darüber bin. Ich habe gehört, wie du auf den Speicher gegangen bist und dann zum Haus hinaus. Nach einer Weile bin ich auch auf den Speicher gegangen, hab mich in den alten Sessel gesetzt und zum Fenster hinausgeschaut. Ich hab dich heimkommen sehen, du hast irgendwas getragen.«

»Das war das Gewehr«, sagte Ned. »*Du* warst das also am Fenster. Zuerst hab ich gedacht, es sei Mrs. Scallop gewesen, und dann, dass ich es mir bloß eingebildet habe.«

Sie waren schon bei der Veranda. Ned konnte den Umriss des Fliederbusches erkennen. Noch ein Monat und er blühte mit dicken, purpurnen Dolden und füllte die Veranda und den Flur mit seinem Duft.

»Und die ganze Zeit hat dich das bedrückt, seit September!«, sagte Mama.

»Ich hab's Mr. Scully erzählt, aber er konnte schon nicht mehr sprechen. Ich weiß, dass er mich gehört hat, aber ich weiß nicht, was er darüber... was er von mir gedacht hat.«

»Vielleicht hat er es von Anfang an gewusst«, meinte Mama. »Komm, wir setzen uns einen Augenblick auf die Stufen. Ich bin ganz außer Atem.«

Ned setzte sich neben sie und stützte den Kopf in die Hand. Es war ihm eine Beruhigung, auf seiner eigenen Veranda daheim zu sitzen. Drüben auf der Veranda beim Makepeace-Haus fühlte er sich immer wie in einem anderen Land. Er sah seine Mutter an; er wartete nicht darauf, dass jetzt etwas geschähe oder dass er ihr noch etwas sagte.

»Ich möchte dir auch etwas von mir erzählen«, begann Mama. »Als du drei Jahre alt warst, bin ich von daheim fortgegangen. Ich bin nach Maine gefahren, in die Nähe der Küste, hab mir ein Sommerhaus an einem Fluss gemietet und dort fast drei Monate lang allein gelebt. In dem Fluss gab es Ebbe und Flut, wie an der Küste, und bei Ebbe fiel der Wasserstand um ungefähr drei Meter. Nachts hörte ich das Wasser gurgeln. Es klang, als ob viele sehr dicke Leute in einer sehr großen Badewanne herumplantschen würden.«

Ned lachte ein bisschen, aber er hatte Angst vor dem, was Mama ihm erzählte.

»Ich habe mir ein verrostetes altes Fahrrad gekauft und bin jeden Tag ins Dorf gefahren und habe mir etwas zu essen gekauft: Brot, Marmelade, Apfelmost, manchmal Äpfel. Ich habe gegessen wie ein Kind, das sich allein versorgen muss. Einmal in der Woche habe ich mir in der Gemeindebücherei genug zum Lesen geholt. Ich bin oft bei Tagesanbruch aufgestanden; alles war so still, bis auf den Fluss, und am Ufer haben die Reiher im Schlamm nach Futter gesucht.«

Ned hörte in ihrer Stimme, wie gut es ihr dort gefallen hatte.

»Warum bist du fortgegangen?«, fragte er.

»Die Güte deines Vaters hat mir Angst gemacht. Ich bin nicht so besonders gut.«

Das konnte Ned nicht verstehen. Er konnte sich auch nicht daran erinnern, dass Mama jemals fort gewesen war. Ihm war zu Mute, als wäre er plötzlich in einen Raum eingelassen worden, in dem nur Erwachsene lebten und redeten, und er verstand ihre Sprache noch nicht. Aber irgendetwas rührte sich in seiner Erinnerung, etwas kam ihm bekannt vor, als ob er das alles, auch wenn er es nicht verstand, doch schon einmal gehört hätte.

»Warum bist du wiedergekommen?«, fragte er leise.

»Papa und ich haben uns Briefe geschrieben. Er hat mir nicht sofort gesagt, dass du angefangen hast nachts im ganzen Haus herumzugeistern. Ja, das hast du gemacht, obwohl du noch so klein warst. Und weil du nachts nicht geschlafen hast, warst du tagsüber müde. Ich bin wiedergekommen, weil ich euch beide so vermisst habe. Und damit du nicht mehr Gespenst spieltest und wieder ruhig schlafen konntest.«

Mamas Stimme klang scherzend; Ned wusste, dass sie oft Scherze machte, wenn sie traurig war, genau wie er wusste, dass Papa pfiff, wenn er Sorgen hatte.

Sie schwiegen ein Weilchen.

»Hast du an dem Abend gewusst, dass es eine Katze war?«, fragte Mama dann.

»Nein. Ich hab gewusst, dass es *irgendwas* war, und ich hab so getan, als sei es ein Schatten. Und dann hab ich nicht mehr gewusst, ob ich nur so getan habe als ob oder ob ich es geglaubt habe.«

Ned dachte darüber nach, dass Mama so lange und so weit fort gewesen und dass er nachts die Treppen hinauf und hinunter gestiegen war und in alle Zimmer geschaut hatte, vielleicht sogar in den Speicher.

»Diesmal hast *du* nach *mir* gesucht«, sagte er.

»Ja. Ich habe dich zum Ahornwäldchen hinübergehen sehen und bin dir nachgegangen.«

Hinter ihnen öffnete sich die Haustür und Licht fiel heraus. Sie drehten sich beide danach um. Papa stand im Bademantel unter der Tür, legte die Hand über die Augen und blinzelte.

»Da seid ihr ja!«, sagte er lächelnd. »Ich habe im ganzen Haus nach euch geschaut. Dann habe ich mir gedacht: Sie sind spazieren gegangen in dieser schönen Frühlingsnacht.«

»Wir waren beim Makepeace-Haus«, sagte Mama.

»Ich bin froh, dass ihr heimgekommen seid«, sagte Papa.